星忍母艦テンブレイブ①

王子様はハーフボイルド

中里融司

Famitsu Bunko
ファミ通文庫

口絵・本文イラスト／鈴見　敦

CONTENTS

序章　ある星の崩壊

漆黒《しっこく》の空に瞬《またた》く星の海は、紅《あか》い輝きに挟《はさ》まれていた。

その輝きは、この宙域《ちゅういき》を囲む星間《せいかん》ガスの潮流《ちょうりゅう》だ。高温高圧のガスの流れは、どのような観測機構をもってしても見通せず、万一巻き込まれれば、どれほど巨大な宇宙戦艦《せんかん》であろうとも、数分と保《も》たずに揉《も》み潰《つぶ》され、爆沈《ばくちん》の憂《う》き目を見ることは間違いない。

このガス流が、銀河の小国家、ビスティシアを守る絶対の防衛線だった。

ビスティシアは強国の傘《かさ》に入らず、独自の道を歩む国だ。銀河最強の軍備を誇《ほこ》るフォイアフォーゲル帝国や、それに対抗するラムティア商業同盟、そして衰退《すいたい》しつつあるものの、いまだ権威《けんい》を保つかつての支配者、メガ・クリューテス公国など、大国の間を遊泳する小国。その実力は、ある特殊な技術に裏打ちされていた。

ビスティシアの基幹産業とは、人だった。あらゆる妨害《ぼうがい》を打ち破って目的を果たす、妖異《ようい》の術を身につけた超人たち。宇宙の闇を駆ける戦士たちだ。

かつて、敵国の情報を探り、敵の有力者を暗殺し、戦争では少数をもって敵軍を攪乱《かくらん》した、忍者と呼ばれる闇の戦士がいたと聞く。

ビスティシアの工作員は、つまりはその忍者である。

ハイテク装備を備える一方で、体を極限まで鍛《きた》え抜き、かてて加えてもって生まれた特殊な能力や、あるいは体を改造して得た力を使って任務を果たす。他国にも似たような者がいないではないが、これほど徹底しているのはビスティシアの忍びだけだった。

特殊な技能を身につけ、忍びの任務に就《つ》く者を、ビスティシアでは星忍《せいにん》と呼ぶ。

そのなかで特に優れた能力をもつ星忍が、一〇人いる。

人呼んで、ビスティシアの十星忍。彼らは本星を守る自然の要塞《ようさい》とあいまって、独立の道を選んだ小国を、列強《れっきょう》の手から守り抜いてきたものだった。

しかし、その安寧《あんねい》が、打ち破られるときがきた。

ビスティシアに至る安全な航路は、ガス流次第で変化する。この気紛《きまぐ》れな地勢があってこそ、艦隊とは名ばかりの、小規模な宇宙戦力でも防衛可能だったのだが、しかし。

その日、ビスティシアの星間監視システムは、大規模なワープ現象を見出《みいだ》した。

星空を埋《う》め尽くすほどの大艦隊が、星系内に続々と姿を現した。星を守るため配置された防衛衛星が、緊急警報を発すると同時に、兵装《へいそう》システムを立ち上げる。だが発砲する前に、艦隊から迸《ほとばし》った熱球が、衛星を一瞬にして破壊した。

鳴り渡る空襲《くうしゅう》警報のなか、国防省からのホットラインが、王宮の寝室に繫《つな》がれた。

「御館様《おやかたさま》！　大艦隊の侵攻です。艦形から見て、おそらくはフォイアフォーゲル。防衛設備はことごとく回避《かいひ》され、本星に直接侵攻してきたものと思われます！」

「なんじゃと!?　しまったわい。不意を突かれたか」

呼び起こされた当代の国王、クリュス・カロンは、毛布をはね退《の》けながら歯噛《はが》みした。

当年とって五六歳。極端に額が広く、岩をぶっ掻《か》いたような異相《いそう》の持ち主だ。

寝台から素早く降りたクリュスのもとに駆け寄った護衛の星忍が、手短に報告した。

「敵兵力は、重戦艦を中心とした三個艦隊に、機動戦艦、宇宙空母混成の打撃艦隊が五個。巡宙艦《じゅんちゅうかん》、駆逐艦《くちくかん》主体の宙雷《ちゅうらい》戦隊四個。それに特殊戦隊が来ています。フォイアフォーゲル特戦隊、火龍《サラマンディル》旅団《りょだん》の識別信号を確認。絶対防衛圏《けん》内部に、いきなり出現しました」

「フォイアフォーゲルの諜報網《ちょうほうもう》も侮《あなど》れぬな。ガス流の予測データを手に入れたか。いや、何者かが内通したと、考えた方がよさそうだな。不覚であった」

クリュスの顔に、してやられたとばかりの苦笑が滲《にじ》む。

と、その背後から、眠そうな声がかけられた。

「御館様、いかがなされました？」

状況を把握していないらしい、寝ぼけた声だ。

クリュスの傍《かたわ》らから、若い女が眼をこすりながら体を起こしていた。

同じベッドの、もう片方の側からも、一人の娘が顔を出す。二人とも全裸《ぜんら》だ。先の女が雪のような白い肌でいるのに対して、輝くような小麦色だ。クリュスは雰囲気の違う二人の女に夜伽《よとぎ》をさせながら、気持ちよく寝ていたようだ。

「敵襲ですね!?　防衛システムは、役に立たなかったのですか!?」

こちらは状況を察しているようだ。褐色《かっしょく》の眼を見開いて、せっつくように言ってきた。

「うむ、しくじったわい。誰やらこの国の機密を知る者が、内通しておったようだ。このクリュス・カロンともあろうものが、その兆《きざ》しを見過ごした」

ぽす、とベッドに腰を下ろし、広い額を撫《な》でながら苦笑する。

その片頬《かたほお》を、若い方の娘がぶん殴《なぐ》った。

「落ち着いてないでよ、御館様！　絶対防衛圏を抜けられたら、この国の戦力じゃ防ぎきれないでしょう!?　早く脱出しないと！」

「パイン！　御館様に向かって、無礼でしょう!?」

年嵩《としかさ》の女が、憤《いきどお》りを露《あらわ》にした。が、クリュスは彼女を遮《さえぎ》り、娘の方に眼を向けた。

「よせ、ヘレナ。パインの言うとおりだ。あれほどの艦隊が相手では、この星は保たん」

「そうよ。だから逃げるの！　本星が無くなったって、ビスティシアが滅びるわけじゃないんだから！」

すでに敗北すると決めているかのようなパインの言葉に、ヘレナは顔を引きつらせる。

　一方、クリュスは頼もしげに笑って、大きな頭を頷《うなず》かせた。

「その意気やよし。折りよく十星忍のうち、八忍がこの星に留《とど》まっておる。奴らが道を開くゆえ、おまえたちは民を導いて脱出しろ」

「はい……御館様は!?」

　ようやく動揺を抑え込んだか、ヘレナが血の気を失いながらも問いかけた。

「わしは、逃げるわけにはいかぬよ。わしが逃げては、お主らに向かう敵が多くなる。ビスティシアの当主として、精々《せいぜい》敵の眼を、引きつけてやらねばな」

　不敵な顔をほころばせ、クリュスは大音声を張りあげた。

「ポーラ！　グラム！　ポドン！　ネグル！　リリィ！　オッシァン！　ベラム！　シルヴィア！　十星忍、出ませいっ！」

　その声に応えて、風が渦巻《うずま》いた。

　火気も、水の気もなかったはずの寝室に、火焔《かえん》があがり、水が弾ける。一瞬の間に、そこには気配もなかった四つの人影が、端然《たんぜん》として膝《ひざ》を突いていた。

「ポドンとネグル、ベラムは迎撃《げいげき》に、シルヴィアは、艦《ふね》をもってくると申して出ていきました。国民の脱出は、私が承《うけたまわ》りましょう」

　四人のなかではやや年齢の高い、艶《つや》やかな黒い肌をもつ眼鏡《めがね》の美女が言った。

　そのとき、寝室全体が眩《まぶし》く光った。ふと頭上を見上げたクリュスの眼に、天井《てんじょう》を覆《おお》う透明金属の天窓を透して、二つに折れて爆沈する宇宙戦艦の姿が映った。

　何かに殴られでもしたかのような、壮絶な爆沈だ。その光景を見ながら、クリュスは満足げに頷いた。

「あれはポドンじゃな。脱出の指揮はポーラ、お主が執《と》れ。一人でも洩《も》らすでないぞ」

「承知いたしました」

　答えた眼鏡の女性が、一陣の風とともに掻き消えた。

　残る星忍たちに頷きかけて、クリュスは護衛に顔を向けた。

「わしも出るぞ。旗艦《きかん》《レッドカロン》に将旗を掲《かか》げよ。よいな」

「はっ！」

　護衛が敬礼し、星忍たちは一斉に頭を下げた。

　同時に、鈴を転がすような少女の声が、虚空《こくう》から聞こえてきた。

『御館様、シルヴィアでございます。お申し付けの段、かしこまりました。その旨《むね》、ナミとキアラ、それからキオ様にも、お知らせいたしますか？』

「おう、ナミとキアラは任務の途中とはいえ、十星忍に属する身じゃ。知らせぬわけにもいくまい。したが、キオには、知らせるに及ばぬぞ」

　クリュスが答えた。と、星忍の一人のたおやかな少女が、小首を傾《かし》げて問いかけた。

「左様《さよう》に申されましても、御館様。ナミに知らせれば、キオ様も早晩《そうばん》、お知りになられると心得ますが」

　当惑顔で言った少女の下半身がくねるように動き、飛沫《ひまつ》を跳《は》ね返らせる。髪からも水滴が滴《したた》って、今の今まで水中にいたと窺《うかが》わせた。

　少女の下半身は、虹色の鱗《うろこ》を煌《きらめ》かせた魚の形だ。その尾が動く度、わずかな機械音が聞こえてくる。どうやら機械体であるらしい。

「うん？　左様か。そうだな。ナミは、そのような娘であったな」

　当惑顔を見せたクリュスが、ふと表情を和《なご》ませた。

「キオには、わしのような権謀術策《けんぼうじゅっさく》に溺《おぼ》れる日々を送らせたくはなかったのだが……ナミでは仕方がないか。あ奴、腕は立つが粗忽者《そこつもの》だからの」

　口では毒づくように言いながら、愛情溢《あふ》れる言葉が、口髭《くちひげ》の間から紡《つむ》がれる。

「キオ様は、お優しい方ですから――けれど、できるならキオ様に、国の再興《さいこう》を成し遂《と》げていただきたいものと思います」

「だが、リリィ。後継者はキオ様と決まったものでもあるまい。ご内室様のお腹でなくとも、お子様がおられる」

　黙然《もくぜん》と腕を組みつつ、若い男が言った。生粋《きっすい》の武人といった顔立ちの、逞《たくま》しい青年だ。

「キオ様では、この戦乱を勝ち抜くのは荷が重いように思います。ご子息はキオ様お一人ではございますまい。そのことも、お考えくださるようお願いいたします」

クリュスは肩をすくめ、気を取り直したように言う。

「キオの資質次第じゃな。いずれにせよ、未来のことじゃや。わしには、現在やらねばならぬことがある。キオが選ぶ道に口を出すほど、暇《ひま》ではないわ」

笑いを交えた言葉を紡ぎ、人魚の姿をもつ少女に視線を向けた。

「リリィ、ヘレナとパインを頼む。他の者も出撃じゃや。わしと十星忍が出撃したとあれば、誇りあるフォイアフォーゲル正規兵団のこと、民は見過ごしてくれるやも知れぬ」

「もとより。参ろうぞ、オッシァン！」

グラムと呼ばれた青年が雄叫《おたけ》びをあげ、残る一人とともに姿を消した。

そして、リリィと呼ばれた人魚の少女は、ヘレナとパインを案内して扉に向かう。その後ろ姿を見送って、クリュスは不敵な笑みを、魁偉《かいい》な顔一杯に浮かべて独語《どくご》した。

「さて、このクリュス・カロン、生涯《しょうがい》最後の戦いじゃや。フォイアフォーゲルの蛮人《ばんじん》どもめ、我が用兵の妙を眼にできるとは果報《かほう》な奴どもよ」

洩らした笑みは、死を目前にした男のものではない。楽しいパーティに臨もうとしているような、会心の笑みだった。

まもなく、侵攻してきた大艦隊が、地上に向けての猛攻を開始した。

力線が大気を燃え上がらせ、質量解放弾頭ミサイルが、地上に白熱の劫火《ごうか》を巻き起こす。宇宙に散開《さんかい》した星忍たちが反撃するが、その効果は微々たるものだ。

しかし、彼らが開いた間隙《かんげき》を突くように、一団の艦隊が舞い上がった。

その先頭に、クリュスが自ら指揮する旗艦、《レッドカロン》の姿があった。

檣頭《しょうとう》から吹き出すガスが、ビスティシアの軍旗をはためかせる。その紋章《もんしょう》は、冷たく輝く七つの宝石だ。現世と冥界《めいかい》の境を分ける、生死の関所を通過する際に必要な、死神に渡す手数料と伝えられているものだ。

「命を惜《お》しむな！　一人でも多くの民を逃がすのじゃ。そのうちの誰かが、我らが敷いた道筋を、受け継《つ》いでくれるに違いないぞ！」

旗艦の艦橋《かんきょう》で、クリュスが吼《ほ》える。しかし、多勢に無勢だ。ビスティシア艦隊は一隻《せき》、また一隻と沈められ、ついには《レッドカロン》を守る遮蔽力場《しゃへいりきば》が集中攻撃を浴《あ》びて、真っ赤に燃えた。

その輝きに眼を焼かれながらも、クリュスは獅子奮迅《ししふんじん》の指揮を続けていた。

「ここが肝心《かんじん》じゃ。一隻でも多くの敵を引きつけ、皆が脱出するときを稼《かせ》げ。第二戦隊後退、敵を引き込んで、宙雷の交差点に引き込むのじゃ！」

号令一下、残存艦隊がフォイアフォーゲル艦隊を誘い込み、爆発の連鎖《れんさ》を閃《ひらめ》かせる。

その損害に業《ごう》を煮やしたか、降伏を勧告する敵指揮官の怒号《どごう》が、通信機から流れ出た。

『クリュス・カロン閣下《かっか》、降伏されたし。貴公が抵抗なされれば、両軍ともに被害を免《まぬが》れぬ。潔《いさぎよ》く砲火を収め、兵の損耗《そんもう》を防がれてはいかがか！』

一見人道的な勧告だが、クリュスは鼻先で笑い飛ばした。

「そちらの兵がいくら死のうと知ったことか。ビスティシアへの侵攻がどれほど高いものにつくか、思い知れ。どうじゃ、なにか貴様らの侵攻に大義があるのか」

戦争が大好きな老将に、人道的勧告などが通じるはずがない。

フォイアフォーゲル軍の指揮官も、堪忍袋《かんにんぶくろ》の緒《お》を切ったらしい。通信回路を震わせて、怒声が溢れ出た。

「貴国は、ジェルトヴィアが開発した新兵器の前線輸送を請《う》け負った！　この措置《そち》は、銀河の軍事バランスを崩すものだ。我が軍が制裁《せいさい》をかけるに、充分な理由だ！」

「最初からそう言えばいいのじゃ。したが、大国の論理で動く国ばかりではないぞ。我が働きを眼に焼きつけて、そう報告するがいい！」

呵呵《かか》大笑《たいしょう》して、クリュスはさらに暴れ回る。

しかし、ついに限界が来た。《レッドカロン》は遮蔽力場を破られ、艦のそこかしこを、白熱する火球が直撃する。

そしてついに、星全体が劫火に包まれた。

戦闘国家として宇宙を席巻《せっけん》する大国、フォイアフォーゲルの手を焼かせ続けた特異な星間国家が宇宙から消え去ったことを示す、それは壮烈《そうれつ》な葬送《そうそう》の送り火だった。

第一章　星海の学び舎《や》

夕べから曇っていた空が、今朝は爽《さわ》やかに晴れた。

切れ切れに浮かぶ雲の間から、鮮やかな朝の太陽が、明るい光を投げかける。一晩の眠りで前日の疲れを癒《いや》し、新たな一日に立ち向かわんとする人々を、夢の世界から呼び戻す、暁《あかつき》の女神の贈り物。人工太陽と知ってはいても、やはり心が躍《おど》ってくる。

しかし、その光がありがたくない者もいた。

「ああもう……眩《まぶ》しいなぁ。お日様ももう少し、遠慮してくれってばよ。まったく、人のことなんだと思ってるんだ」

不景気な顔を窓に向け、キオ・カロンは朝の太陽を、恨《うら》めしげに仰《あお》ぎ見た。

年の頃は、一五、六。軽やかに色づいた肌をもち、どこか凜《りん》とした雰囲気を漂《ただよ》わせる、黒い髪の少年だ。疲れた顔なのは徹夜《てつや》続きのせいもある。しかし最も大きな原因は、いま眼の前に突きつけられている、理不尽《りふじん》な要求であるに違いない。

不機嫌そうなその少年を、恨《うら》みがましく眺《なが》める老人が一人。上品な顔立ちに貴族的な口髭《くちひげ》が似合う、痩身《そうしん》の紳士である。

銀河宇宙の覇権《はけん》を争う大勢力の一つ、ラムティア商業同盟。ここは、その名門校として名高いアムラフ星間《せいかん》大学――直径二〇〇〇キロの小惑星を、ほとんど丸ごと使って造られた学園惑星だ。

その花形学部の一つ、星間戦略学部の学部長を務めるユジェーヌ・ケルレルマン博士。六〇がらみの温厚な紳士である。そのケルレルマン学部長が、疲れた様子でキオに言う。

「話を聞いているかね、キオ君……頼むから納得してくれ。フォイアフォーゲル帝国からの要求は、強硬《きょうこう》なものなんだ。我が同盟との関係正常化のために、このとおりだ」

「だからといって、僕が退学させられるなんて納得できるわけがないでしょう!? 僕は学費も払ってるし、単位も取ってます。学生の自治はどこにいっちゃったんですか！」

思わず、キオは声を高めた。事を荒立てたくはないが、こんな理不尽なことで自分の人生を、左右されてはたまらない。

「しかも、親父《おやじ》のためになんて。冗談じゃないです。僕は親父とは無関係です！　面接試験のとき、確認してあるはずでしょう!?」

声を荒げるキオに、ケルレルマンは肩を落として嘆息《たんそく》する。

事の起こりは、昨日の夜だ。とある事情で、キオはここ三日ばかり寝ていない。精魂《せいこん》籠《こ》めた作業の末に、ようやく少し眠れそうになったときに、呼び出しを食らったのだ。

これで機嫌のいいわけがない。

かてて加えて、その用件というのが理不尽極まる、一方的な退学要請《ようせい》だった。

仮にも在学中の学生に自ら退学させようとする理由が、潜在的な敵国から突然求めてきた、休戦条約締結《ていけつ》だというのだからなおさら納得できるはずがない。

学部長本人も、納得しているわけではなさそうだ。それもまた無理もない。

直径一〇万年に及ぶ渦《うず》を巻く銀河宇宙の一角、アムラフ星間大学が属する半径数千光年に及ぶ宙域《ちゅういき》は、ここ一〇〇年ばかりに渡って、戦乱のさなかにある。

無数の星間国家が併存《へいぞん》するなかで、大勢力が三つある。その筆頭《ひっとう》が、強大な武力を誇る軍事国家、フォイアフォーゲル帝国であり、その侵攻に抗してほぼ互角の戦いを繰り広げている勢力が、複数の中規模国家の集合体、ラムティア商業同盟である。

そして第三勢力として、この宙域が分裂する以前に支配権を握っていたメガ・クリューテス公国——さらに以前、無数の国家が乱立した戦乱時代を収束《しゅうそく》させ、統一を果たした国ではあるが、今では衰微《すいび》して見る影もない。ただ、正統な銀河帝国皇帝の血筋が伝えられているために、それなりの影響力を保っていた。

さらに幾つもの弱小国家が存在しているが、それらはこの三大勢力の狭間《はざま》でそれぞれの庇護《ひご》を受け、辛《かろ》うじて息づいているのみだ。

キオはそうした弱小国家の一つ、ビスティシア公国の元首を父にもつ。そして、それが腹のたつことに、退学勧告の原因だった。

ほぼ拮抗《きっこう》する勢力をもつ仇敵《きゅうてき》、フォイアフォーゲル帝国からもたらされた休戦協定の締結交渉が、キオの運命を変えようとしている。ビスティシアは小国ながら、フォイアフォーゲルを目の仇《かたき》として、度々敵対行動を取ってきた。フォイアフォーゲルは休戦協定交渉の条件として、敵対国家の関係者を国内から追放するように、申し入れてきたのである。

フォイアフォーゲルと敵対する星間国家群との関係を断つこと……そして、ゆくゆくは平和達成のため、そうした国家群を討伐《とうばつ》する作戦に参加することを条件にしてきたのだ。そのブラック・リストにあげられた敵対国家の筆頭が、クリュス・カロン率いるビスティシア。キオの父親と、故国《ここく》だったというわけだ。

確かにそのとおりだろう、とキオは思う。大国を翻弄《ほんろう》し、痛打を加えて喜ぶ父親に、幾度《いくど》となく煮え湯を呑《の》まされているフォイアフォーゲルだ。坊主憎けりゃ袈裟《けさ》まで憎いの喩《たと》えどおり、クリュスの血を引く者は、すべて抹殺《まっさつ》しなければ気がすまないということだろう。

しかし、だからといって納得する気は毛頭《もうとう》ない。

キオにとって、父親は治りきることのない古傷《ふるきず》のようなものだ。できるなら、一生触れたくない、過去の幻影《げんえい》。しかしけして離れきることはできない、錨《いかり》のような存在だ。

数千光年離れた宙域に浮かぶ、この学園星にやってきて、普段は意識せずにいることができた。けれども、こうして何かが起こると、向こうから否応《いやおう》なしに関わってくる。父親の、どこか人を食ったような顔を思い浮かべて、キオは吐《は》き捨てるように言う。

「嫌です。辞めません。そんな理不尽な処置を取るなら、公的な場に訴えます」

強硬なキオを前にして、ケルレルマンは額を押さえて嘆息する。

眼が紅《あか》い。寝不足が辛そうだ。

無理もない。日付が今日に代わった頃から、ぶっ通しで七時間。延々と押し問答《もんどう》を続けているのだ。

二人とも、もう気力だけでもたせているようだ。血走った眼で睨《にら》み合う二人の、辛うじて張り詰めている気勢《きせい》を、そのとき傍《かたわ》らからほんわりと立ちのぼった、緊張感のない声が削《そ》ぎ取った。

「キオ君は、どうしてお父さまを嫌うかなあ。それは面従腹背《めんじゅうふくはい》の人だし、乱世の梟雄《きょうゆう》だけど、そんなに悪い人でもないんじゃない？」

キオの隣に座って、何杯目かのお茶を啜《すす》っている、小柄な女性があげた声である。

指導教授のテレーズ・フェドレンカ。様々な分野に跨《また》って幾つもの博士号をもち、学界では知らない者のない彼女だが、妙に可愛い仕草《しぐさ》が似合う。

キオは紅い眼を向けて、不機嫌そうに言い捨てた。

「僕にとっては大悪人ですよ。平気で卑怯《ひきょう》な手を使うし、裏切りと不意打ちは当たり前だし。それはたいした人だとは思うけれど、人間としては認めません」

頑《かたく》ななキオをつくづくと眺め、テレーズは小首を傾《かし》げて、ケルレルマンに眼を向けた。

「家庭の問題はさておいて、私としては優秀な学生を失いたくないんだけどな。学部長、説得していただけません？　キオは優秀で、将来の同盟に、欠くべからざる人材になるって。フォイアフォーゲルと戦うにも、確保しておいた方がいいですよって」

そして肩をすくめ、悪戯《いたずら》っぽい顔つきで、

「同盟だって、本気で帝国と組むつもりはないでしょう。いずれ、破綻《はたん》するに決まってます。そのとき、この子がいるといないじゃ、勝算に天地の差が出ますよ」

小悪魔じみた脅迫《きようはく》だ。学部長は眉間《みけん》に皺《しわ》を寄せ、苦しげに息をつく。

「私も、そうは思う。だが、説得の材料がいるのだ。同盟評議会を納得させられるだけの材料が」

「そうですね……たとえば、キオがロッシュを破るというのはいかがです？」

ごく気軽な調子で、テレーズはそう言った。

学部長も驚いたが、キオはもっと驚いた。

なにか言おうと考えるが、なにしろ疲れがピークに達していて、急には言葉が出てこない。口をぱくぱくさせる間に、テレーズはにこやかに言葉を継いだ。

「いまうちの研究室は、二年生と一年生だけ。戦力はベルグソン研究室の三分の一以下です。これでこの子が勝ったら素質ありということで、在学を認めていただきたいんですけど、いかがでしょう？」

虫も殺さぬ顔で言って、テレーズはキオが抗議したげにしているのも知らぬげに、もう一口紅茶を啜った。

それから一時間の後、キオは学生寮《りょう》の中庭にいた。

季節は春を迎えたばかりで、鮮やかな新緑が萌《も》え立つようだ。軽々と風にそよぐ葉の隙間《すきま》から陽光が漏《も》れ出して、周囲に幾重にも重なった、光の斑紋《はんもん》をつくり出す。

心浮き立つ季節だが、キオはただ眠いばかりで、余計なことを考える余裕はない。

「あー、もう疲れた。今日は講義に出なきゃならないんだけどなぁ……でも、ノートはあとでアキにでも取らせてもらえばいいし……」

疲労でぼんやりした頭では、どう考えようと、自分に都合のいい答えしか出てこない。

「一日くらい、いいだろ。今日は寝ちゃおう。それでいいんだ。そうに決まった」

自分で自分を納得させた。地面はふかふかの新芽に覆《おお》われていて、すこぶる気持ちがいい。ここ数日の禁欲生活を思うにつけ、この場で寝ようという誘惑は、何より甘美《かんび》なものだった。

腕を枕に、キオはその場に寝そべった。ぽかぽかと照らす太陽のもと、ほどよく吹き抜ける風は疲れた肌に心地いい。まもなく睡魔《すいま》が襲《おそ》ってきたが、腕枕ではやはり高さが足りず、いま一つ物足りない。

眉《まゆ》を顰《ひそ》めたキオは、夢うつつのまま頭をずらし、もそもそと手探りした。すると、その手が誰かの手に触れた。朦朧《もうろう》とした意識のままに探った手は、キオのものよりもやや小さい。その掌《てのひら》が、キオの心に一つの記憶を呼び起こした。

物心ついてまもなく他界した、優しかった母の手だ。

「ん……母さん……」

甘える口調で呟《つぶや》いて、キオは夢うつつのまま、その手の持ち主の、膝《ひざ》の上に頭を移す。ちょうどいい高さの膝枕だ。頭を下ろしたキオが、気持ち良さそうに眼を閉じる。

幼い頃、遊び疲れて眠った母の膝枕。ほどよい温かみと柔らかさが、より深い眠りに誘ってくれることを期待していたのだが。

柔らかくない。硬い。

それになんだかごつごつしていて、頭に痛みが走る。かてて加えて温かくなく、なんだかひんやり冷たいようだ。

「母さん……じゃないなっ!?」

硬い、怪しい膝枕から、キオは弾かれたように飛び起きた。

その頭上から、いかにもおかしそうに、くすくす笑いが降ってきた。

「そりゃまあ、あいにく私は君のお母さんじゃないし、足も柔らかくないさ。てゆーか、さぞ固いし、ごつごつしているだろうと思うよ」

「ア、アキ!?」

さらに慌《あわ》てた声をあげるキオに向かって、引き締《し》まった顔立ちの少女が、楽しそうに呼びかけた。

「君が疲れてるのはわかるけどね、キオ・カロン。朝御飯くらいちゃんと食べなよ。準決勝に勝てないよ」

気持ちのいい、はきはきとした口調にわずかに混じるのは、電子機器を思わせる響き。こんな声を出す者は、他に幾人といるとは思えない。というより、人間ではありえまい。

眩しさを堪《こら》えて、キオは眼をしっかり開けた。

陽光《ようこう》に陰る木の葉を背景に、セミロングの髪を肩に載《の》せた少女のシルエットが見えた。にっこり笑った口元の歯と、タンクトップを着けているために剝《む》き出しの肩が硬質の光を弾く。眼をおかしそうに細めたまま、少女は手にしたトレイで、キオの頭を小突く。

「朝飯、持ってきてやったよ。感謝するように」

学生寮で同じ部屋に暮らす、アキ・リリス。特殊セラミック製の体をもつ、人工知能の機械人間。少女型のアンドロイドである。

「やっぱりアキか……そういや昨日は部屋に戻らなかったもんな。心配した？」

隈《くま》の浮いた顔に疲れた笑みを浮かべ、キオはトレイを受け取った。

学生食堂で出される、定番の朝食だ。熱いスープに、野菜と和《あ》えたパスタ。新鮮な果実に、温かなミルクがありがたい。

パスタをフォークで絡《から》め、口にもっていく。一口舌の上に載せたとき、アキはしごくあっさりと言った。

「いんや、全然。あんたが朝帰りなのは珍しいことじゃないし、いまは事情が事情だからね。テレーズ教授の用事が、長引いてるくらいに思ったわさ」

キオの問いにさらりと答えて、身を乗り出すように訊《き》いてきた。

「で、なんだったの？　テレちゃんの用事って」

アキの問いは、別の場所では出すぎたものと捉《とら》えられかねないものだった。

星間文明の間では、人工知性の扱いに大きな差が見られる。たとえば銀河の覇権《はけん》を競う軍事大国、フォイアフォーゲル帝国では、その地位はごく低いものだと聞いている。

そこに行くと、ラムティア商業同盟の規定は寛大《かんだい》だ。無論、参加している国家によって多少の違いはあるが、大抵《たいてい》の場合は機械知性にも市民権を認めている。もっとも、人間などの自然発生知性体とまったく同じというわけでは、さすがにないが。

商売さえできればとやかくは言わない、大雑把《おおざっぱ》な国柄だ。アキのように高性能の、人間と同じ精神活動をみせるロボットなら、教育も受けられるし就職もできる。

唯一できないのが、生殖活動《せいしょく》だ。これは機械である限り当たり前で、キオが学籍上《がくせき》は女子学生であるアキとルームメイトでいられるのも、アキとは子供ができないからだ。

キオは小国とはいえ、歴《れっき》とした星間国家の王子である。万が一子供でもできようものなら、ときならぬお家騒動に発展しかねない。国を離れて留学している身としては、学生生活を楽しむというわけには、なかなかいかないのだ。

その点を除けば、アキは聡明《そうめい》で快活《かいかつ》な少女だ。製作者に縛《しば》られているわけでもなく、実際その管理を離れた自由人として、学籍簿に登録されている。

他にしがらみがないというわけで、だからこそキオも忌憚《きたん》なく、アキとつき合うことができていた。

同情の瞳を向けるアキに、キオは仕方ないとばかりに嘆息した。

「教授の用は、僕の去就《きょしゅう》のことだった」

ぽつりと言った言葉に、アキは眉を顰《しか》め、瞳に硬質《こうしつ》の光を浮かべて問うた。

「それって、例のあれ？　ラムティア同盟の上層部で、フォイアフォーゲルとの関係を修復しようっていう――そのためにこれまでの同盟国を切り捨てる動きがあるって」

「ああ。僕の親父は、フォイアフォーゲルにとっては天敵《てんてき》みたいなものだからね。ビスティシアとの国交を断たなければ、関係改善は認めないっていうんだな」

言葉に交じって、苦味が湧《わ》いてきたようだ。せっかくの温かいスープが台無しだ。

仕方なくスプーンを置いて、キオは学部長室での出来事を語る。

「テレちゃんも無理言うよ。うちの戦力はもうボロボロ。先輩たちも逃げちまうし、ベルグソン研究室に勝てる戦力じゃないってわかってるだろうに」

「そりゃまあ、私もテレちゃんの弟子《でし》だしねぇ。わかってても、面白がるだけだろうね」

相槌《あいづち》を打つアキを、キオは途方にくれたように見る。

「先生にとっては単に面白い出し物なんだ。結局、学部長にうんと言わせちゃったよ。僕が勝てば、絶対必要な人材として、追放を断るってさ」

「つまり君は、絶対に勝たなきゃならないわけだ。残念なことに、私には参加資格がないからねぇ。同情するけど、手伝えないなぁ」

彼女自身が言うとおり、アキが参加できない科目が幾つかある。生身の学生のみが対象となる科目で、機械は均衡《きんこう》を崩すと判断されているためだ。

その事情はわかっているが、こうしてあまりにあっけらかんと言われると悲しくなる。けれどもキオは、恨みがましい顔を見せるでもなく嘆息した。

「なにしろ、相手はロッシュ先輩だ。うちの先輩たちにしてみれば負けは確定だし、かといって有力者の子弟《してい》だから、おとなしく恥を掻《か》くわけにもいかない。というわけで、貧乏籤《びんぼうくじ》は弱い立場の人間に、順繰《じゅんぐ》りに送られていくものなんですよ」

「難しいねぇ。一年生と言ったって、概《おおむ》ねキオより年上だしね。飛び級も善《よ》し悪《あ》しだわ」

首を傾げたアキが、にこにこと笑って言った。

アキが言うとおり、キオは二年生だが、下級生であるはずの一年生は、ほとんどが年上だ。

キオはまだ一六歳。本来、大学にいる年齢ではない。ラムティア商業同盟に留学する際、編入試験の成績が抜群だったため、高等学校を丸ごと飛《スキ》び級《ップ》したものだ。

キオの優秀さを証明するものではあるが、自分より年上の学生を指揮しなければならないと思うと、なおさら頭が痛い。不安で一杯のキオを慰《なぐさ》めるでもなく、アキはさらに辛辣《しんらつ》な言葉を口にする。

「でも、一年生はあんたを頼りにしてるよ。このまま棄権《きけん》じゃ、ポイントはマイナス。修了までずっとついて廻《まわ》るマイナス評価は気の毒だし、黙ってられる君じゃないからね」

「……故郷《くに》は好きだけどな。その故郷を、あの親父が支配してると思うと腹が立つんだ」

キオは複雑な表情を見せつつ、不機嫌な口調で言う。

「正直なところ、うちの国は、評判よくないだろ？　情報産業って言ったって、所詮《しょせん》は他の国の機密を掠《かす》め取ってきたり、情報を盗んできたりだし。表に出せない、汚れた仕事ばかりなんだ。だから、一目置かれてはいるけれど、尊敬はされてない」

聡明そうな顔に、陰りが宿った。

まっすぐな気性の少年だけに、故国の生業《なりわい》を恥じる気持ちがあるうえ、元首の息子という立場もある。そして何より、キオはその父親を嫌っていた。

話しているうちに暗い顔になったキオを、アキは困った顔で見返した。いささかもてあましている感がないでもない。ふう、と吐息を洩らし、諭《さと》すような口調で言った。

「そんなに故郷を卑下《ひげ》するのは、どうかと思うな。キオのお父さんは、確かに状況次第で旗を巻き変える人だし、汚い手も使うと思う。でも、それは軍事力をもたない小国が強国に食い込める、ごく少ない分野じゃないかな。現にビスティシアは、強国に刃向かう姿勢だけは崩《くず》さないじゃない」

それは事実だ。戦乱が続く銀河だけに、大国に従っていない小国は主権を保つことだけを目的にして、知恵を絞《しぼ》らざるを得なかった。

だから、銀河に点在する小国は、そのときどきで仰《あお》ぐ旗を変える。主権を保つには、それが唯一の方法なのだ。

キオもその理屈はわかる。ただ、正義感の強い少年には、父親の取ってきた道が誇れるものとは、どうしても思えない。その嫌悪感が、自分とは切っても切れない、父親の存在に根ざしているとはわかっているが。

「うちの国が小さいのは、よくわかってるんだ。だから、なおさら嫌気が差してさ……。

結局は、他国の弱みを握ってるだけなんだから」

力なく呟《つぶや》いて、キオは嘆息した。

「本当は、父さんの全部が嫌いなわけじゃないんだ。ただ、元首としての親父が、好きになれないんだよ」

「う〜ん、どう言ったものかなぁ……」

これ以上は励《はげ》ましようもなく、アキが首を振ったとき。

二人の頭上から、嘲《あざけ》るような言葉が投げつけられた。

「フェドレンカ研究室の切り札は、機械人形とおままごとか？　そりゃ強いだろうなあ。なにしろ相棒《あいぼう》が、歩く電卓だ」

傍らの学生寮の三階から、三人の男女が見下ろしていた。

いずれも、年齢は二二、三といったところか。育ちの良さを身辺に漂わせた、良家の子女といった連中だ。

「……先輩たち、もう一度言ってみますか」

怒気を孕《はら》ませた言葉を口にするキオを、アキが押し止《とど》めた。瞳が軽い作動音とともに精度を上げて、揶揄《やゆ》する学生たちを注視する。大学のデータベースにアクセスして、三人の顔を照合する。

三人とも、アムラフ星間大学の学生だった。学部も同じ、星間戦略学部。しかし在学している研究室が違っていた。

「ベルグソン研究室の三年生ね。嫌がらせの定期便よ。相手にしても仕方ないわ」

相手の所属を確認したアキが、溜息《ためいき》混じりに言った。

同じ星間戦略学部の重鎮《じゅうちん》ピエール・ベルグソン教授の研究室に所属する上級生たちだ。同じ学部で、しかも研究室が違うとなれば、学生同士のライバル意識が刺激される。しかもテレーズとベルグソンは、学界でも鎬《しのぎ》を削っている。指導教授同士のライバル意識が学生に伝染するのは、ごく当然な成り行きだ。

しかし、上級生が下級生に向ける言葉としては、あまりに侮辱《ぶじょく》を孕んだ発言だ。これには理由がある。学部長との会話にも現れた、アムラフ星間大学名物の、あるイベントだ。

星間戦略学部では、あらゆる面での戦略研究が行われる。そのなかには、外交交渉が破綻《はたん》した場合の軍事行動シミュレーションも含まれるが、それが一年を通じて行われるトーナメント形式の研究発表会である。

当然内外の関心も高く、当日にはラムティア商業同盟のみならず、近隣諸国の代表も、数多く見学に訪れる。大学側にとっても日頃の研究成果をアピールするいい機会だし、学生にとっても、卒業後の進路を左右する絶好のチャンスだ。

指導教授にしても好成績を収めれば、研究費の増額が見込める。そんなこんなで、年に一度の発表会は、全学をあげての真剣勝負となっている。

その方法は、専攻によって様々だ。純粋に学説を戦わせる学部ももちろんあるが、星間戦略学では、学説だけではどれほど優れた理論でも、机上《きじょう》の空論の謗《そし》りを免れない。

そこで、シミュレーションが行われる。学生一人が一個艦隊を受け持ち、実戦さながらの激闘が、研究室同士で繰り広げられるのだ。

そのなかで、優勝候補の筆頭は、ベルグソン研究室に属するロッシュ・ユルフェという青年だった。五年制のアムラフ星間大学で、脂《あぶら》の乗り切った四年生。ラムティアで最大の勢力をもつ星間国家フロンティエルの、名族の出身であると聞く。

指導教授のベルグソンは政治力もあり、この教授に認められれば卒業後も順風満帆《じゅんぷうまんぱん》。およそ学生として望みうる、最高の環境といって間違いない。

そのロッシュに、フェドレンカ研究室が挑《いど》む。苦戦を続けながらも勝ち続け、いつのまにか準決勝の相手として、戦うことになってしまったのだ。

学内では、ベルグソン研究室の人気が圧倒的だ。わけてもロッシュは、才能に加えて整いすぎるほど整った、この世のものとも思えない美貌《びぼう》の持ち主。天が二物も三物も与えた、容姿才能家柄財産と、すべてが揃《そろ》った逸材《いつざい》である。

そういう人物には、特に学内の、女子の人気が集中する。事実、これまでの発表会では一年生の頃から先輩たちを差し置いて、このロッシュが指揮を執《と》り、その日の演習が行われる演習場は、キャンパス中から駆けつけてきた女の子たちで充満《じゅうまん》する。どの研究室が相手になろうと、戦う前から罵声《ばせい》の集中攻撃を浴びせられ、戦わずして戦意喪失《そうしつ》という体《てい》たらく。加えてロッシュの指揮には隙がなく、弱点を見出《みいだ》しての疾風迅雷《しっぷうじんらい》の用兵は華麗《かれい》のひと言で、かくして不敗神話が確立してきたというわけだ。

フェドレンカ研究室の研究室長が、そのプレッシャーに耐《た》えられず、休学届を出してしまったのは、二週間前のことだった。

研究室生の士気の阻喪《そそう》は著しく、あとはドミノゲームのようなものだった。次席、次席と順繰りにリタイアし、気がついたときには大半の学生が姿を消してしまった。そしていつのまにか、二年生のキオが指揮を執ることになってしまっていた。

ロッシュ陣営《じんえい》としては、これが面白くない。そもそも彼らは、戦う必要を認めていないのだ。無論、キオの側の事情など知るはずもない。

アキの声が聞こえたのか、三人の上級生は激昂《げっこう》した。そもそもアキは、声を低めていない。それどころかさらにわざとらしく、無意味なほどに声を張りあげた。

「そりゃまあ、心配でしょうね。親と国力の七光で、せっかく手に入れた未来へのパスポートが、小国出身の二年生に崩されそうなんだもの。血迷っても無理ないわ」

「な……なんだとぉ!?　口を慎《つつし》め、ブリキ人形！」

顔を真っ赤にした上級生が、眼を血走らせて怒鳴ってくる。が、アキは鼻先でせせら笑い、馬鹿丁寧《ていねい》な言葉を投げ返した。

「あいにくと、私はセラミック製なんですよ。ブリキとセラミックの区別もつかないようじゃ、頭の中身が知れますよ」

「お、おいアキ。もう少し穏便《おんびん》に……」

キオは慌てた。顔を上気させながら、小声でアキをたしなめる。

「お気遣《きづか》いどうも。けれど、もう戦いは始まってるのよ」

なんの疑いももたない口調で、アキは言い切った。

そしてつかつかと歩み寄り、寮の壁をごく軽く、冗談のような手つきで突いた。

次の瞬間、寮が大きく揺れた。

そこかしこで悲鳴があがり、次いで罵声が降ってくる。朝のひと時、これから講義に出ようとしていた学生たちが、少なからず被害を被《こうむ》ったようだ。

激昂して何かを喚《わめ》き出そうとしていた上級生たちも、例外ではありえない。必死の形相《ぎょうそう》で窓枠《まどわく》にしがみつくが、一人がバランスを失って、放り出されてしまっていた。

「わっ……！」

その先輩が、頭から地面に激突する光景を想像して、キオは思わず眼を閉じた。

が、激突音は聞こえてこない。恐る恐る眼を開くと、でっぷり太った巨体はまっすぐ伸ばしたアキの片手で、地面すれすれで受け止められていた。

り出す。

安堵《あんど》の息をつくキオに肩をそびやかしてみせて、アキは巨漢《きよかん》の先輩を、植え込みに放
「無事か……よかった……」

そんなアキを、キオはたしなめた。

「首でも折ったらどうするんだよ。学生同士の喧嘩《けんか》は黙認されてるけれど、人死にを出したら大変だろうが」

「落としたりしないわよ。私はこれでも八万馬力。それにたかだか三階から落ちたくらいで、首を折ったりしてたまるもんですか」

悶絶《もんぜつ》している学生に軽蔑《けいべつ》の眼を向けて、アキが突き放すように言ったとき。

「君の言うとおりだし、確かに卑劣《ひれつ》な男だがね。僕にとっては、同期生でもあるんだ。僕に免じて、許してくれないか？」

よく澄んだ、深みのある声が、陽光を震わせてかけられた。

誰が来たのか。すぐにわかった。今の今まで悲鳴をあげていた女子学生たちが歓声《かんせい》をあげ、アキは体ごと振り向いた。

「私だってことを荒立てようなんて思ってませんよ。ただ、うちのキオは先輩たちがリタイアしちゃって、難題を押しつけられた可哀相な立場なんです。先輩たちにも、その辺を少ぉし考えていただけると嬉《うれ》しいなって思っただけですわ」

「う、嘘《うそ》だ……本気で落とすつもりだったろ。そうでなくて、誰が寮全体を揺らすよ」

辛うじて窓枠に掴《つか》まっていた上級生が、震える声を絞り出す。

が、次の瞬間、ひっと小さく喉《のど》を鳴らして、続けようとした言葉を呑み込んだ。

アキが小石を拾い上げ、片手で弄《もてあそ》びながら、にこやかな笑顔を向けたのだ。

これ以上、何かを言ったら、この小石を投げつける。笑顔のなかで笑っていない、高性能カメラの瞳が、確かにそう言っていた。なにしろ、自称八万馬力だ。そんな力で石など投げつけられては、首から上がなくなってしまう。

震え上がった上級生を、もう一度睨みつけておいてから、アキは声をかけてきた四年生――ロッシュ・ユルフェに笑いかけた。

「一年の集大成ですよ。お互いベストなコンディションで、正々堂々と戦いたくありません？　その方が、私たちはもとより先輩たちにとっても、いい結果を生むと思うんですけれど」

アキは腰に手を当て胸を張り、堂々とした態度で言ってのけた。

「それは、もちろん先輩が勝つに決まってますけど。研究期間は長いし、優秀なスタッフもいますものね。でも、キオもちょっとしたもんですよ」

相手は眼の前にいるのだから、普通の声でも充分聞こえるはずだ。

なのにアキの声はよく響き、寮の最上階まで響き渡る。発声増幅《ぞうふく》をかけているらしい。

その大胆不敵な言葉を聞いた、特に女子学生のただ中から、非難の声があがり出す。

「なによ、あの子！　生意気だわ。ロッシュ様に挑戦してるわよ!?」

しかし、アキは聞かばこそ。口では殊勝《しゅしょう》な台詞《せりふ》を選んでいるものの、実態は挑発だ。ベルグソン研究室所属の者のみならず、他の研究室に属する者たちからも、「そりゃ言いすぎだろう」と、危惧《きぐ》の声があがる。

ましてロッシュの同期や後輩たち、さらには親衛隊と思《おぼ》しい女子学生は言わずもがな。非難の嵐が湧き起こり、雰囲気は一気に険悪な方向へと向かい始めた。

その気配を敏感に察知して、いち早くその場を離れ、身を縮めるようにして逃げるのは、キオやアキと同じ、フェドレンカ研究室の学生たちだ。戦わずして尻尾《しっぽ》を巻いているようで、情けないこと夥《おびただ》しい。

一方、ロッシュは憤《いきどお》った様子も見せず、苦笑しながら言ってきた。

「スタッフが充分なら、勝てると言うんだね？　だったら、僕も対等な立場で戦いたい。僕のスタッフを、半分ほど貸そうか」

「ちょっ、ちょっとロッシュ……」

転落を免れた上級生のうち、女子学生の方が、泡《あわ》を食った顔で言いかけた。

が、その機先を制するようにして、アキの方が手を振った。

「ご親切はありがたいんですけれど、辞退します。発表会は、あくまで研究室同士の競

い合いですもの。フェドレンカ教授の理論をキオが活かし、ベルグソン教授の研究成果を先輩が活かしてこそ、意味があるんだと思います」

「本当に、生意気！　下級生のくせに！」

再び、怒りの声が湧き上がる。その怒濤《どとう》にも似た唸《うな》りは、しかしロッシュが右手を上げると同時に、潮《しお》が引くように静まった。

静謐《せいひつ》が戻った中庭で、ロッシュは顎《あご》に手を当て、呟いた。

「そうだな……フェドレンカ教授は有能な方だし、キオ君は梟雄クリュス・カロン公の子。なるほど、侮《あなど》るわけにはいかないな」

ロッシュは頷《うなず》いた。右手を差し出し、にこやかに言ってくる。

「失礼なことを言った。忘れてくれるとありがたい」

その手をちらりと見て、アキはキオを促《うなが》した。

「キオ、いつまでへたれているのよ。あんたがフェドレンカ教室の代表なのよ」

「え？　あ、ああ、そうか」

初めて気がついたとばかりに、キオが慌てて立ち上がった。

スラックスの裾《すそ》を手ではたき、灌木《かんぼく》の葉を振り落とす。そして突き出した右手を、ロッシュはしっかり握って破顔《はがん》した。

「いい戦いにしよう。あと一週間、楽しみにしているよ」

「え、ええ。よろしくお願いします」

学内随一《ずいいち》の俊英《しゅんえい》に、対等の立場で激励《げきれい》されて、キオはどうしても押されている。ロッシュは、失神したままの大男を無造作に担《かつ》ぎ上げ、颯爽《さっそう》と去っていった。彼が引き上げた以上は、取り巻きたちも尻尾を巻かざるを得ない。恨みがましい眼を向けながら、そそくさと後を追っていった。

気がついてみれば、講義開始の時間までいくらもない。我に返った学生たちが、悲鳴に似た声をあげながら登校の支度《したく》を始める喧騒《けんそう》のなかで、アキは一人胸を張ったまま、ご満悦《まんえつ》で頷いた。

「さすがはトップを張るだけあるわね。たいした器《うつわ》だわ。ラムティア商業同盟の未来が、ロッシュにかかっていると言うのも、あながち買い被《かぶ》りじゃなさそうね」

将来は同盟全体を背負って立つと目されている逸材に向かって、偉そうに論評する。

「その希望の星を相手に、退《の》っ引《ぴ》きならない立場に追い込んでくれるなよ。アキはロボットだから、直接対戦は免除されているけどさ。俺はロッシュ先輩と、まともに戦わなきゃならないんだから」

アキの体にすがるようにして、キオが呻《うめ》く。

自称八万馬力のアキの体は、すがりつくには頼もしい、まさに鋼鉄の城だった。その体を手がかりに、疲れきった体を預けたキオに、アキがにやりと笑ってきた。

「おや、どうしたのかな、キオ。なにか悩み事でも増えたかね」

「たったいま、山盛りに……」

屈託《くったく》のないアキの顔を見ながら、つい愚痴《ぐち》をこぼしてしまうキオである。

もっとも、アキは気にしていない。嘆息するキオに向かって、笑いながら呼びかける。

「いいじゃないの。要は勝てばいいんだから。さて、どうする？　部屋に戻って寝る？」

「うん……少し寝るよ。このまま出席しても、居眠りしそうだ」

「そうね。テレちゃんの、いい肴《さかな》にされるだけだものね」

異を唱えるでもなく頷いて、アキは寮に向かって歩き始めた。

「それじゃ、ゼミには午後から出よう。とりあえず、二人の愛の巣に行こうか」

「その言い方は止めろって。いらない誤解を招く」

憮然《ぶぜん》とした口調で言ったキオだが、そのときには疲労の度合いが、許容《きょよう》できる限度を超えていた。

継ぎ目が浮いた、アキの特殊セラミックの背中に顔をつけ、キオは小さな声で呟いた。

「どう転んだって、勝ち目はないんだ。おまえがメンバーに入れりゃなぁ……」

頭が痛い。そんな顔でぼやくキオの声が、次第に間遠いものになっていく。

「キオ？」

背中から聞こえる声が絶えたことに気づいたアキが、肩越しに問いかけた。

いつのまにか、キオはアキの背に顔を埋《う》めて、静かな寝息を立てていた。

その頃、アムラフ星間大学から数光年離れた宇宙を、追撃されながら逃走する、一隻《せき》の宇宙艇《うちゅうてい》があった。

その艇を、より後方に位置する大型母艦《ぼかん》から放たれた、高速戦闘艇が追っている。速度性能では、先行する小型艇に引けを取らないようだ。戦闘用に特化している分、上回っているようにさえ見える。

逃げる艇は鮮やかな緋色《ひいろ》に、追う戦闘艇群は闇に溶け込む漆黒《しっこく》に、それぞれ塗装《とそう》されている。緋色の方は国籍は明らかにしていないが、黒い塗装の艇は胴体と安定翼に、燃える猛禽《もうきん》を意匠化《いしょうか》した、猛々《たけだけ》しい徽章《きしょう》を飾っていた。

銀河に覇を唱える軍事大国、フォイアフォーゲル帝国の戦闘艇だ。四機が菱形《ひしがた》に展開しつつ、網を投げるようにして、包囲の輪を縮めていく。

『逃走する高速艇に勧告《かんこく》する。貴艦《きかん》が輸送中の兵器は、列強の勢力バランスを大幅に崩す怖れがある。宇宙平和のために、見過ごすわけにはいかない。速《すみ》やかに停船し、臨検受け入れの準備をせよ』

戦闘艇から重力波通信が放たれた。同じ通告が、三度にわたって繰り返される。

口調は丁寧だが、この通告に逆らったが最後、即座に攻撃するつもりでいるらしい。

四機の戦闘艇は、いずれも砲塔《ほうとう》を迫《せ》り出させ、照準を定めていく。

有無を言わさぬ通告を、逃走する艇の操縦桿《そうじゅうかん》を握る少女が、眼を怒らせて一蹴《いっしゅう》した。

「なに言ってるんです。貴方《あなた》たちのやり口は、とっくに読めているんですから。何にしろ、自分たちの言いなりにならないなら、平和に反することになるんでしょう!?」

艶《つや》やかな髪を長く伸ばした、清楚《せいそ》な印象の少女である。

顔立ちは、一〇人中まず六人は、可愛いと呼んでくれるだろう。残る四人のうち三人は、面白《おもしろ》いというかもしれない。残る一人がどうかといえば、これは何かの弾みに、愛《いと》しいと思ってくれる人も、期待はできるだろう。

つまりは、まあ最大公約数的に言うならば、美形というより可愛く、見ていて面白い。くるくると印象が変わる娘である。勧告を聞いたときには頬《ほお》を膨《ふく》らませて憤っていたものが、一秒もたたないうちに小さく舌なめずりして、不敵な口調で言ったものだ。

「あたしを嘗《な》めてると、痛い目に遭《あ》いますよ。これでもビスティシア星忍軍の一員にして、十星忍の一人ナミ・ナナセ。正規軍なんかに後れを取ってちゃ、十星忍はおろか、星忍に数えられることもないんだから」

ひと息に言ってから、ふと首を傾げて、

「う〜ん、でもあたしの名を知っているというのも無理な話かな。だったら、一つ穏便に、怪我《けが》させることなく遁走《とんそう》というのがいいでしょうか」

相手を案ずる顔になった途端、やや怒気を孕んだ声音が叩《たた》きつけられてきた。

『十星忍の一人、ナミ・ナナセ！　おまえが操縦者だと、判明しているのだ。速やかに停船せよ！　さもなければ、この場で撃破するぞ！』

その通告を聞いた途端、ナミと呼ばれた少女は、制御盤《せいぎょばん》に突っ伏した。

派手な音が響き、後部座席に座っていたもう一人の少女が、びくりと肩を震わせた。

「あ、あの……ナミさん、大丈夫ですか？」

澄んだ声で、おそるおそる問いかける。ゆったりとした水色の衣装を纏《まと》った、儚《はかな》げな印象の娘だった。

水が流れるような、薄碧色《ライトブルー》の髪に、抜けるように白い肌が映える。髪は碧《あお》で、睫毛《まつげ》は金色。そして瞳は、髪の色よりさらに薄い碧氷色《アイスブルー》。

すらりと通った鼻筋に、揺れるような瞳が一体となって、儚げな印象を与えている。

小さな唇が血の気を失って、薄い肩が震えていた。

その格好とあいまって、清楚《せいそ》な顔立ちは神に仕える巫女《みこ》を思わせる。

少女に答えようと思ったのか、ナミは顔の形が彫り込まれた操作盤から、勢いよく顔を引っぺがし、振り向いて手を振った。

「だ、大丈夫大丈夫。あたしは十星忍の一人ですよ。あんな一山いくらのパイロットに、後れを取ってたまりますか」

見得《みえ》を切るように言った途端、その言葉を見透《みす》かしたように、次の通告が叩きつけられてきた。

『我々を、一般兵士と思って侮《あなど》っているだろうが、甘く見ると痛い目を見るぞ。これでもフォイアフォーゲル宇宙艦隊、第三機動艦隊所属の宇宙母艦《ブリュンヒルド》航宙隊のベテラン揃いだ。忍びは影に隠れてこそ力が発揮できるもの、表に出てしまった時点で立場は対等になっているということを、思い知らせてくれる！』

その言葉が、後頭部を殴《なぐ》りつけるハンマーになってしまったようだ。

物理的な衝撃すら帯びたような一撃に、ナミは再度勢いよく、制御盤に突っ伏した。まともに攻撃するより、威力《いりょく》があるのではないかとさえ思わせる、凄《すさ》まじい破壊力だ。

「な、なんで私の考えを……まさか、読唇術《どくしんじゅつ》の使える能力者？　私が乗っていることを知っているとは、正規軍の兵士じゃなさそうね」

へこんだ操作盤から再度顔を引き剥《は》がし、不安におののく言葉を口にする。

ともかく、リアクションの大きな娘である。どうしてくれようかとばかり、思案を巡《めぐ》らせるナミに向け、さらに不安そうな声を、少女がかけてくる。

「あの……本当に、大丈夫ですか？　おでこから血が出ていますけど」

「え、ええ？　あれ、本当ですね。あははは」

自分の額を撫《な》でてみて、ナミはことさらに明るく笑ってみせた。

後部座席の少女は、威圧的な勧告に、相当なプレッシャーを感じているらしい。白い肌がさらに血の気を失ってしまっているが、それでも健気《けなげ》に言ってくる。

「あの……私を連れていることが、あの人たちを呼び寄せているのなら、私を引き渡してください。私のために、ナミさんの国が滅ぼされてしまいました。このうえナミさんまで犠牲《ぎせい》になることはありません。ですから、私を……」

言い募《つの》る少女の言葉が、中途で溶けるように消え失せた。

ナミが振り向いて、一所懸命に笑みを浮かべている。安心させようとしているらしいが、元がそういった、事実を隠すという作業に向いていないのだろう。頬や唇の端が引きつっていて、不自然なこと甚《はなは》だしい。

「大丈夫ですフィアールカさん。私は、これでも十星忍の一人です。相手がフォイアフォーゲルの特戦士でも、引けを取ったりしませんから」

取ってつけたように言ってくる台詞が、また余計な不安を煽《あお》ってくれる。

それでも、フィアールカは健気に唇を引き締めた。

自分の言葉で、傷つけてしまったと思っているのだろう。透き通るような肌が紅く染まり、肩を縮めるようにして、消え入りそうな声音で弁解《べんかい》した。

「あの……ごめんなさい。私、教会領から、出たことがないんです。だから怖くて……」

先のひと言は、つい口から洩れてしまったものらしい。そんな言葉を発してしまった自分に、消え入りたいほどの恥ずかしさを感じているようだ。

「私こそごめんなさい。貴女《あなた》を目的地まで送り届けるのが私の仕事なのに、怖い思いをさせちゃって」

消え入りそうになっている少女の姿に、ナミが急いで言ってきた。

心から申し訳ないと思っているらしい真摯《しんし》な口調に、フィアールカと呼ばれた少女は、ますます顔を赫《あか》らめて、体を縮めていく。

そんな状況ではなかろうに、守るべき少女と守られるべき少女は、互いに謝り合う。この緊迫《きんぱく》した状況で、図太いのか世間離れしているのか、判断しがたい娘たちだ。あるいは単に、浮世離れしているだけかも知れないが。

それでも、フォイアフォーゲルの戦闘艇は、辛抱強く待っていた。まさか追い詰められた少女たちが、絶体絶命の危機をほったらかしにして謝り合っているとは、想像だにしていない。

それをいいことに、ナミはふと顔を上げ、フィアールカの胸元に眼を向けた。

細やかな首から下げた、金色の飾りが揺れている。深い翠《みどり》の宝石を中心に、七色の宝石で作られた星々を周りに配した、美しい女神の像だ。

任務によっては他国に潜入《せんにゅう》し、そこの住人になりきらねばならない星忍として、ナミもそれが何の像かは知っていた。

銀河宇宙に広まる多神教《たしんきょう》、ジェルトヴィア星教で信仰される神々の、一柱を表した像だった。ふと優しい瞳になったナミが、星忍らしからぬ優しい口調で言った。

「その神様——ジェルトヴィア星教の、パルテナ神ですね」

「え、ええ……私は、パルテナ様に帰依《きえ》しています。今度の任務も、パルテア様の教えに従うためのもので……」

いきなり問われて、フィアールカはかえって口ごもった。

おずおずと首飾りに手を触れ、感触を確かめるようにしながら言ってくる。

「パルテナ様のおかげで、生きてこられたのですから……感謝しています。この戦乱を終わらせることが、パルテナ様が私に下された使命なら、私はお言葉に従います」

思い詰めたような口調で言ってから、フィアールカは声を詰まらせ、首飾りを握り締めながら、潤《うる》んだ眼を上げた。

「でも、そのために、ナミさんの星に、災《わざわ》いを呼び込んでしまいました。公王様も、ナミさんの仲間の方々も……」

フィアールカが口をつぐみ、自分の胸を抱きしめるようにして顔を伏せてしまう様を見て、ナミがとりなそうとしたときだった。

堪忍袋《かんにんぶくろ》の緒《お》が切れたと言わんばかりの怒声が、通信機と重力波の、両方から溢《あふ》れ出た。

『いい加減にしろ！　返答がないということは、警告に従う意志がないとみなす！　撃沈するが、文句はあるまいな！』

怒鳴り声と同時に、高速艇に照準を合わせていた高熱砲塔が火を吹いた。

高熱砲は、宇宙空間での主戦兵器だ。自ら核融合《かくゆうごう》反応を起こし、白熱する熱球が酷寒《こっかん》の虚空《こくう》を切り裂いて、まっしぐらに飛んでくる。

攻撃を感知した警報システムが、鋭い叫びを跳ね上げた。

「ナミさん！」

フィアールカが悲鳴をあげるなか、素早く向き直ったナミの指が、制御盤に躍る。

艇を推進させる重力場が方向を変えて、さらに細かな機動を行う姿勢制御バーニアが、眩《まばゆ》い炎を噴出《ふんしゅつ》した。二つの力に振り回されるように、ナミの高速艇は奔馬《ほんば》のごとき機動を見せ、吹き伸びた白熱球と高速弾の双方を、みごとにかわしてのけた。

「フィアールカさん、慣性キャンセラー力場を起動して、捉《つか》まっててくださいね！　少し、手荒い機動になりますから！」

つい先ほどまでの、どこか春風が吹くような顔とは打って変わった真剣な顔で、ナミが叫ぶ。

「こなくそっ！」

なんとなく雰囲気にそぐわない掛け声をかけて、ナミは艇を傾け、横滑りさせた。

眩い軌跡《きせき》を残して、一瞬前まで艇がいた空間を、白熱球が通過する。息を抜く間もなく、ナミの脳裏《のうり》を、背後から迫る脅威《きょうい》の気配が貫いた。

「ええいっ！」

自分で自分に気合いを入れて、思い切り艇を跳ね上げる。

一瞬の差で、高速艇が放つより数倍も太い熱線が、眼下を駆け抜けた。

「ナミさん、今のは!?」

泣きそうな顔で、フィアールカが訊《き》いてくる。その顔を振り向いて、ナミはそれでも、丁寧な口調を崩さず言った。

「後方の、宇宙母艦からの砲撃です。母艦のくせに、巡宙艦程度の火力はもってるようです。戦闘艇だけに気を取られるわけにはいきません！」

言いながら右手で艇を操りながら、左手で火器管制をチェックする。

「この高速機動じゃ、命中は期待できないなぁ——高熱砲は、速度に食われてエネルギー不足だし」

「そ、それじゃ、打つ手がないんですか？」

ナミの指示どおり、慣性制御システムが発生させた力場に身を包んだフィアールカが、張り詰めた声音で言った。悲鳴をあげたいのを、懸命に堪《こら》えている。そんな少女に、ナミは唇を嘗めて湿らせながら、とんでもないことを呟いた。

「牽制《けんせい》にもならないわ。御館《おやかた》様から、交戦は避けるように言われているし……けれど、指示が欲しいなぁ。やっぱり、仕方がないか……確かこの近くに……よぉし！」

一人で何事か考えついて、一世一代の決意とばかりに頷くと、ナミは声を張りあげた。

「フィアールカさん！　少し体がきついと思いますけれど、ビスティシア星忍法で脱出します。気をしっかりもってくださいね！」

「ええっ!?　は、はいっ！」

一度は声をあげたフィアールカだが、他に方法がないと覚《さと》ったのだろう。眦《まなじり》を決して頷いた。

四隻の戦闘艇は、陣形《じんけい》を組み替えながら、発砲を繰り返している。

籠《かご》に似た陣形で、そのなかに取り込まれてしまえば、逃れようがない。大きく軌道《きどう》を逸《そ》らせば、背後に控える母艦からの砲撃が見舞われる。

このまま行けば、撃沈は時間の問題だ。戦闘艇部隊の指揮官も勝利を確信したらしく、白熱球も電磁《でんじ》砲弾も、ますます熾烈《しれつ》に、濃密な弾幕《だんまく》をつくってくる。

その攻撃が、高速艇すれすれに迫ったと見た瞬間、ナミは叫びをあげた。

「忍法、力場《りきば》隠《がく》れ！」

その瞬間、ナミの体が、光の粒子《りゅうし》を放った。

その輝きがまもなく高速艇全体を覆った。攻撃を続けていたフォイアフォーゲル軍の指揮官は、思わず目を疑った。

「な……なんだ!?」

口走った瞬間、高速艇の周りを包んだエネルギーの輝きが激しいものに変わった。

と、その輝きのなかから、高速艇の姿が掻き消えた。無論肉眼で見ているわけではないが、通常の観測システムのみならず、フォイアフォーゲルの先端技術をつぎ込んだ索敵《さくてき》システムも、たったいままで捉えていた高速艇の反応を、完全に見失っていた。

『た、隊長！　奴が消えました！　反応が、まったくありません！』

うろたえた部下が、声を震わせて報告してくる。舌打ちした指揮官は、腹立たしげに言い返した。

「わかっとる！　奴は、名だたるビスティシアの星忍だ。なにかの術中に、陥《おちい》ったに違いない！」

腹立たしげに言うと、指揮官は集束通信に切り替え、後方の母艦に呼びかけた。

「ビスティシアの高速艇を失探《しったん》。奴は星忍です。特戦隊への任務引き継ぎを具申《ぐしん》いたします！」

さほど待つまでもなく、母艦からの返信があった。

『了解。エトガー准将《じゅんしょう》の隊が急行する。貴編隊は帰投《きとう》せよ』

「了解。帰投する」

通信を打ち切って、指揮官は無念の思いを噛《か》み締めつつ、艇を旋回《せんかい》させた。

同じ頃、宇宙母艦《ブリュンヒルド》の艦長、ハンス・フロイントリッヒ大佐《たいさ》は自ら超空間通信回路を開き、事の顚末《てんまつ》を告げていた。

「皇帝陛下《へいか》の特別軍務令、N―38821号に基づき、ビスティシア所属の工作艇を発見。追跡しましたが、高度ステルス機能を起動させたと見えます。一七二〇、失探。現在位置は、銀河水平座標I―3791、Γ―815466、垂直座標B―43551、A―21557」

報告して、しばし待つ。ほどなくして、返答が返ってきた。

『こちら、第六艦隊司令部。了解した。貴艦の任務は、特戦部隊「火龍《サラマンディル》」チームに引き継ぐ。貴艦は所属戦隊に合流し、別命を待て』

「こちら《ブリュンヒルド》、了解」

通信を終えた艦長が、ほっと吐息《といき》をついた。

「艦長、特戦部隊に引き継ぎですか」

聞いていた副長が問いかける。

口髭《くちひげ》を捻《ひね》ったフロイントリッヒ大佐が、なんとも複雑そうな顔つきで答えた。

「ビスティシアの星忍は、常識が通じん怪物揃いだからな。艦隊を揃えているならともかく、本艦だけでは心許《こころもと》ない。化け物には化け物同士、特戦部隊が適任だろう」

フォイアフォーゲル軍の特戦部隊は、体力、技能とも極限を極め、また様々な装備によって超絶的な戦闘力を得たうえに、種々の特殊能力をもつ特殊兵団だ。

一種の超能力者の集団で、主に裏面工作に投入される。正規軍の軍人たちは、彼らの戦闘力に畏怖《いふ》の念を抱く反面、軍人の名に値しないとして、侮蔑《ぶべつ》してもいた。

そうした考えが、隠しようもなく言葉に滲《にじ》む。ナミの高速艇が消え去った辺りに視線を投げかけて、放り出すような口調で言った。

「投入されるチームは、エトガー准将《じゅんしょう》のチームだ。あの男なら、任せて大丈夫だろう。たとえ、相手が十星忍の一人だとしてもな」

「『火龍』エトガーですか……けれど艦長、ジェルトヴィアの秘密兵器は、確保を厳命《げんめい》されております。ライン少将《しょうしょう》が、司令部まで来ておられるそうですからね。根掘り葉掘り問い質《ただ》されますよ」

副長の言葉を聞いた途端、フロイントリッヒは顔をしかめた。

「ラインか。あの、統制局長の腰巾着《こしぎんちゃく》めが。科学軍長官も、あのような男を重用なさらねばいいものを」

「小官も同感ですが、有能な科学者でもあるようです。いずれにしろ、あの星忍には彼奴《きやつ》の手にだけは、落ちてほしくないですな」

しみじみと言った副長の眼にも、艦の後背に広がる宇宙空間が、茫漠《ぼうばく》と映っているのみだった。

第二章　下っ端哀歌《あいか》

その日を丸ごと疲労の回復に充《あ》て、翌日と翌々日はデータ変換とシミュレーションで潰《つぶ》し、キオがアキと連れだって、フェドレンカ教授の研究室に顔を出したのは、四日目の朝だった。

「おはよーっすっ、せーんせっ」

「はい、おはようさん。アキちゃん、今日も元気だねえ」

空中にふわんと浮かびそうな、まろやかな返事が返ってきた。

フェドレンカ研究室に学ぶ学生は、五学年合わせておよそ三〇人。星間戦略学部だけで二〇〇以上もの研究室が設けられているアムラフ星間大学では多いほうとは言えないが、格別少ない数でもない。そして、それぞれの研究室は、研究に見合う設備を与えられている。

実際の星間戦略は、ときとして数百光年にも及ぶ広大な空間をカバーする。それだけの戦略シミュレーションを行うには、電脳空間だけでは足りない。実際の宇宙空間を模《も》した擬似《ぎじ》宇宙が必要だ。

各研究室に与えられる空間は、差し渡し四〇メートル、高さ三〇メートル。その空間に、ミニチュアの宇宙を投影し、経済、軍、文化といった、あらゆる要素を動かすのだ。

これはかなり広いが、だからといって広すぎるほどではない。三〇人の学生が研究に打ち込み、その舞台としての宇宙を投影し、配置されている機器類を操作するのだから、けして空虚《くうきょ》な感じは受けないはずだ。

しかし、今のフェドレンカ研究室にとっては、明らかに広すぎた。

学生たちの姿がない。ただ指導教授のテレーズが、机に伸びているだけだ。天井《てんじょう》から注ぐ陽光が、広い空間を無意味に照らしている。

身長、およそ一四八センチ。白銀に近い色の、いわゆるプラチナ・ブロンドの持ち主だが、どういうつもりかその髪を、派手やかなピンクに染めていて、愛くるしい大きな瞳は鮮やかな緑色。何の心配も抱くことなく、遊ぶことだけが自分の仕事と心得ている奔放《ほんぽう》な子猫。そんな印象の可愛い女性、テレーズ・フェドレンカ教授がいま幾つになるのか、誰も知る者はいない。

この童顔《どうがん》で二七歳になる――と、書類上はなってはいる。しかし、信じる者はほとんど皆無《かいむ》といっていい。

数年前に卒業した先輩が、何かの用事で大学星にやってきたとする。そうしたなかで、テレーズの講義を取ったことのある者が、構内で彼女を見かけると、大概《たいがい》は驚きとともに語るのだ。彼女は、まったく年を取っていない、と。

それどころか、さる星間国家の大物が、数十年ぶりにこの星を訪れたときのこと。テレーズの講義を参観して、感心した口調とともに、随行員《ずいこういん》に言ったという。自分は、彼女の母親か、祖母のゼミを取っていた、と。あそこまで瓜《うり》二つな親子は初めて見た。おかげで、学生時代を思い出したよと、上機嫌で語っていたそうな。

しかし恐ろしいことに、人事の記録をどれだけひっくり返しても、母親なりと祖母なりと、彼女の血縁者が在籍していた事実はない。

噂《うわさ》だ。あくまで、学生の間に語り伝えられているのみの、裏の取れない噂の類《たぐい》だ。裏が取れないということは、たとえ事実であったとしても、誰も確かめることができない、ということでもあるのだが。

ことほど左様に、テレーズは得体《えたい》の知れない女だった。この際さらに噂を述べるなら、知能指数は測定不能で、研究論文でもアムラフ星間大学で教鞭《きょうべん》をとる数万人の教授全員を集めても、常に最高レベルという話だ。

しかし、ゼミや研究室の成績は、芳《かんば》しいものではない。なぜかと疑問も湧《わ》くのだが、それは彼女があまりに枠《わく》を外れているために、学生がついてこられないのだという、これも噂が、まことしやかに語られていた。

そんな謎《なぞ》を秘めた女、テレーズが眠そうな視線を二人に向けてきた。

「キオくん、出てきたねぇ。苦労かけるね。ごめんね、不甲斐《ふがい》ない指導教授で」

「それは言わない約束です。仕方ないじゃないですか。僕しかやるのがいないんですから……でも先生、先輩たちはともかく、一年は出てきてもいいんじゃないですか」

「う～ん、みんな、二の足を踏んでるんだよねぇ。いくら相手がロッシュといったって、演習に負けるとは限らないし、負けても命を取られるわけじゃないんだから、もう少し意地を張ったってよさそうなのに。それとも、みんなあたしのことが嫌いなのかな」

拗《す》ねたような顔で言いながら、テレーズはけだるげな仕草《しぐさ》で体を起こした。

キオがなんとも答えられずにいるうちに、アキが先に口を出した。

「ロッシュ先輩というより、負けた後の、せんせのお仕置きを怖がってるんだと思うんですけど」

「え～、あたし、怖くないよぉ」

ぷうと、テレーズの頬《ほお》が膨《ふく》れた。本気で怒っているわけではなさそうだが、もし本当にこの人を怒らせてしまったら、それは恐ろしい『お仕置き』が待っているという噂が、学生から学生へと代々伝えられている。それは確かなことだった。

だから、今ではテレーズの専任ゼミに、進んで入ろうという者はごく少ない。大部分の者が他のゼミを志望しながら、ある者は定員過剰《かじょう》で撥《は》ねられ、ある者は漫然《まんぜん》と第二、第三志望にテレーズ・フェドレンカの名を入れてしまったものだ。

そうした理由で集まった連中が多いから、意気地《いくじ》も気概《きがい》もほとんど持ち合わせていない。発表会の相手が、常勝ロッシュを擁《よう》するベルグソン研究室と知ったとき、本来ならば指揮を執《と》るべき先輩たちが次々にリタイアしていって、結局キオにお鉢《はち》が回ってきたのも、無理のないことと言えば言えた。

そんなことを考えながら、キオはもう一度、研究設備内を見渡した。

「先生、やっぱり一人なんですね……もしかして、昨日《きのう》も一昨日《おととい》も、まさか僕が休んでいる間、ずっと一人でここにいたんですか？」

「ん？　そんなことないよ。アキは毎日来てたし、他のみんなも、様子を窺《うかが》いには来てたな。でも、大部分二人だけだったから、邪魔されずに悪巧《わるだく》みができたよ。ねー、アキ」

「私たちの努力の甲斐あって、少しは勝率上がったよ」

傍《かたわ》らのアキが楽しげな声をあげ、二人は顔を見合わせ笑い合う。

その光景を眺《なが》めながら、キオは考えた。

噂は少なくとも、真実の一端《いったん》を語っているようだ。テレーズの感性は、普通と違う。

実際、大切な発表会を控《ひか》えて学生が出てこないという異常事態だ。普通は、もう少しなにかこう、慌《あわ》てたり落ち込んだりするものではなかろうか。

――なんだかこういう人を、どこかで見た覚えがあるな。

答えが出るとは思えないが、記憶の底を揺さぶられるのは嫌なものだ。眉《まゆ》を顰《ひそ》めて考えたキオは、その記憶が何かを掘り起こし、そしてますます顔を顰《しか》めた。

「親父《おやじ》だ……」

ビスティシアの元首クリュス・カロンが、掘り起こした記憶の中心にいた。身長一四八センチの女性教授と、『乱世の梟雄《きょうゆう》』だの『表裏比興《ひょうりひきょう》』だの『二股膏薬《ふたまたこうやく》』だのと、悪評の見本市となる身長一八〇センチの偉丈夫《いじょうふ》とは、比べるのも無理というものだ。

もちろん、クリュスとテレーズの顔が似ているというわけではない。

なのになぜ似ているかといえば、雰囲気としか言いようがない。

テレーズも、親父みたいな人なんだろうか。

そう思い至ったとき、キオは一瞬眩暈《めまい》を覚えた。辛《かろ》うじて体を支えたキオに、テレーズが不審《ふしん》そうな顔を向けてきた。

「どしたの、キオくん？　なにか心配事でもあるのかな？」

「い、いえ……なんでもないです」

心配事の総元締《そうもとじ》めに相談したとて、解決するとは思えない。キオは慌てて首を振った。

幸いなことに、テレーズはそれ以上、追究してはこなかった。

「気をつけてね。あんたまでリタイアしたら、アキちゃんじゃ発表会には出られないんだから。学内規則で決まってる以上、一介《いっかい》の教授にはどうしようもないし」

両肘《りょうひじ》を突いた手で顎《あご》を支えながら、テレーズは理不尽《りふじん》だとばかりに宙を仰ぐ。しかし、当のアキはころころ笑って手を振った。

「私は全然気になりませんから。なんせ楽です。キオに押しつけていればいいんだから」

「駄目《だめ》よ、アキ。人間、なんにしろ自分が不当に扱われているなら、その状況を打破《だは》すべく頑張らなくちゃ」

「ご指導、承《たまわ》ります。でも私、人間じゃありませんから」

反論のしようのない言葉を口にするアキに、テレーズは頬を膨らませた。

しかし、その瞬間に瞳に浮かんだ、楽しそうな表情を、キオは見逃していない。

「こういうところが、親父に似てるんだ。なにか、騒動の種を探しては頼まれもせずに首を突っ込む。僕の周りって、こういうタイプの人が集まるんだろうか」

正体不明の美人教授と、銀河に轟《とどろ》く謀略《ぼうりゃく》好きの父親との共通点を見つけてしまった不幸な少年は、思わず口中で呟《つぶや》いた。

その独り言が聞こえたわけではなかろうが、テレーズが真面目な顔で言ってきた。

「さて、キオ君。研鑽《けんさん》の成果を見せてくれない？　演習はもう四日後なんだから」

おっとりした声だが、その裏にはなんとなく、従わなければならないような気持ちにさせられる何かが籠《こ》もっている。キオはその何かに衝《つ》き動かされるようにして、持参の情報ディスクを研究室備え付けのコンピューターに挿入《そうにゅう》した。

演算が始まった。平面だった画面が奥行きを備え、完全3D映像が映し出される。数百光年に及ぶ宇宙の、小さな窓口だ。演習用に創られた、仮想の星図《せいず》である。

「総合戦力では、ロッシュ軍が圧倒的に優《まさ》っています。戦線を縮小して反撃密度を高め、敵の主力を引きつけて補給線を断つ以外にないと思いますが……まだ不足です」

キオの言葉どおり、ディスプレイ上に彼我《ひが》の戦力が表示されていく。

画面の右後方から接近する大勢力が、ロッシュの指揮する勢力だ。

準決勝まで数十回、双方ともにトーナメントを戦い抜いている。架空《かくう》の作戦宙域を設定し、それぞれに別個の条件が与えられたうえで対戦するものだが、総合戦力では差がなかったはずだ。

その結果、今年の総合演習では、ベルグソン研究室とキオたちの研究室を含む四チームが勝ち残ったというわけだが、ここで互角の勝負といかない。

開戦時から決戦に至るまでに、戦力は大きく変化する。勝利を重ねて膨張《ぼうちょう》し、格段に大きな勢力を蓄《たくわ》える者がいる一方で、勝つには勝っても大損害を受け、見る影もなく消耗《しょうもう》してしまう者もいる。

フェドレンカ研究室で、準々決勝まで指揮を執っていた先輩がやらかしたのが、まさにそのパターンだった。

準々決勝で戦力集中のタイミングを間違え、敵軍の逆撃にあって、主力軍の大半を失ってしまったのだ。司令部も追い詰《つ》められ、あわやというときに別働隊《べつどうたい》を担当していたキオが気づき、長駆急行《ちょうくきゅうこう》して敵軍の腹背《ふくはい》を突き崩《くず》し、辛うじて勝利を得たものだった。

この一戦で、フェドレンカ研究室の勢力は、準々決勝進出時の三割を割り込んだ。どう戦っても多勢に無勢、勝利よりも、どれだけ善戦するかが話題の焦点《しょうてん》となっていた。

「相手の戦力を、とにかく分散させなくては。そのために、極限まで兵力を絞《しぼ》り込み、伏兵《ふくへい》を配置して側面攻撃。その前段階として、宙雷《ちゅうらい》を敵の予測位置に向けて集中発射。さらに戦略ミサイルを……」

それでも、キオは懸命に知恵を搾《しぼ》る。操作盤を走る指が熟練《じゅくれん》した音楽家の動きを見せ、仮想の宇宙に展開される彼我の勢力図が、徐々に変化を見せ始めた。

敷設《ふせつ》された後は自分で判断し、攻撃する自律機雷を撒《ま》く一方で、高速艦艇《かんてい》で一撃離脱攻撃をかけ、意図が覚《さと》られないよう努める。さらに周辺諸国に外交交渉《こうしょう》を仕掛け、最低でも中立を保つよう、懸命の戦いを続けていく。

キオの作戦展開を見つめていたテレーズが、ふんふんと頷《うなず》いて言った。

「要するに時間稼《かせ》ぎね。大兵力を集中した敵軍は、橋頭堡《きょうとうほ》を維持するために補給船団を必要とする。その船団を、攻撃モードに変わった機雷が襲《おそ》う――」

「敵軍は護衛部隊を出して船団を守る。その航路《こうろ》を探り出し、高速艦隊を繰り出して迎撃《げいげき》する。補給が断たれた敵は、やがては軍を維持できなくなり、撤退《てったい》する……なるほど」

セラミックの腕を組み、アキが頷いた。

瞳孔《どうこう》に紅《あか》い輝きを宿し、身も蓋《ふた》もない論評を口にする。

「私なら、最初から周辺諸国を恫喝《どうかつ》して、根拠地を使えなくしておくな。高速艦隊といっても、必要な物資は半端な量じゃないもの。下手《へた》をすれば、干上《ひあ》がるのはこっちだよ」

「それに、橋頭堡を築いても艦隊の整備までおとなしくしている保証はないわよね。爆撃艦でこちら側の補給地を潰《つぶ》す、向こうの高速艦隊がこちらの輸送船団を叩《たた》く――あるいはこちらの星々の、反キオ勢力を煽動《せんどう》して、離反《りはん》させる手もあるな。この戦法じゃ、いいとこ勝率五割じゃない？」

テレーズが言った。二人の女が左右から、ステレオで批判の猛爆撃をかけてくる。

キオは泣きたい気持ちになった。そんなこと、わかってる。けれど大軍相手に勝利を得るには、採《と》れる作戦は限られるのだ。

ロッシュを相手に、二年生の自分が戦わなければならなくなったのだから、もう少し元気の出ることを言って欲しい。そんな気持ちもわかってくれない二人に顔を向け、キオは悲壮《ひそう》な顔で訴えた。

「わかってるよ、そんなこと！　でも兵力が足りないんだ。僕の頭じゃ、他に思いつけなかったんだ！」

「あ、開き直った」

アキが無情な言葉を投げてきた。

その言葉が胸に突き刺さり、張り詰めた心を痛めてくれる。本当に泣き出しそうなキオの気持ちを察したか、テレーズがもちまえの、ふわりとした笑顔でとりなした。

「まあまあ、まだ四日あるんだし、ロッシュ陣営もいろいろ考えてると思うよ。いっそキオ君、君の実家に訊《き》いてみたら？　こういう状況、得意でしょ？」

本気とも冗談ともつかない口調だったが、キオは爆発的な反応を見せた。

「冗談じゃないです！　カロン家の家訓《かくん》じゃ、大国は常に敵なんです。こんな状況で演習するなんて知ったら、親父が大喜びするだけ。どんな策謀《さくぼう》を巡らせるか知れたもんじゃないんです！」

「私たちには、その策謀が必要なんだけどねえ」

困った顔で、テレーズは指をくわえてみせた。

「なんで、そんなにお父さんを嫌うかなあ。アキちゃん、キオくんのお父さまって、そんなに趣味の悪い人なの？」

「ええと、私もよく知らないんですけど……」

口ごもったアキが、それでもキオと一緒に暮らして知った、断片的《だんぺんてき》な情報を口にした。

「趣味が悪いというより、油断のならない人なんですよ。大国に媚びず小国に奢《おご》らず、常に独立の立場を守って行動する戦術の天才――情報活用力では無敵とも言いますね」

「私も聞いたことあるなあ。忍者をたくさん抱えているって。キオ君、本当なの？」

無邪気な顔で小首を傾《かし》げ、とんでもないことを聞いてくる。

真顔で見つめられ、キオはどぎまぎして眼を逸《そ》らす。

星忍《せいにん》の存在は、ビスティシアの第一級機密だ。公然の秘密にすぎないとしても、一応は王子という立場である。指導教授が相手でも、口にできるはずがない。

——そのくらいの常識、働かせてくれませんか。

内心で嘆《なげ》きつつ、キオはすがるような口調で言う。

「あの……それに関しては、訊かないでいただけませんか？　お願いします」

そう言いながらも、聞き入れてもらえなかったらどうしよう。先回りして、そんな心配を巡らせたキオだったが、

「うん、小さな国が独立を保っていくなら、それなりの方法を探らなくちゃね。了解」

思いの外あっさりと、テレーズは納得してくれた。

そして眼を輝かせ、小柄な体を乗り出すようにして言ってくる。

「けれど悲しいかな、私たちにはクリュスさんの人望も、情報力もないし、まして忍者もいない。ということで、それに代わるものが必要だと思うんだわ」

机を廻《まわ》って、端末の操作席までやってきた。ポケットからデータ・ディスクを取り出して、澄ました顔で挿入する。

「……なんのデータ？　先生」

　アキが不審そうに訊《たず》ねた。テレーズは悪戯《いたずら》っぽい顔で首を竦《すく》め、慣れた手つきで、操作盤に指を走らせた。

「だから、忍者に代わるものだよ。ロッシュくんの戦力がどれだけ冠絶《かんぜつ》していても、ここに想像を絶した超兵器を一つ加えれば、天秤《てんびん》は大きく傾くの」

「ちょ、超兵器って……あの、先生!?」

　話が剣呑《けんのん》な方向に向かいつつあると感じたキオが、慌《あわ》てた声で言う。

　しかし、テレーズは教え子の危惧《きぐ》などどこ吹く風で、さらに操作を続行した。

　ディスプレイ上では、状況が進んでいた。

　すでに決戦間際《まぎわ》だ。防衛側が侵攻軍の一角を突破して、背面に躍り出る。充分な戦力があるなら、ここで背面展開し、逆包囲して殲滅《せんめつ》するのがセオリーだ。

　しかし、テレーズが操る側の戦力は、充分にはほど遠い。敵軍はすぐさま幾重《いくえ》にも分かれて、中央突破を果たした戦力に、集中攻撃をかけてきた。

　そのときテレーズが、にこやかに人差し指を、操作盤の操作キーに当てた。

　途端に、画面が劇的に変化した。袋叩きに遭《あ》うと見えた艦隊を中心に、コンパスを回したような正確な円が、侵攻軍の過半《かはん》を切り取った。

　たちまちのうちに、戦況《せんきょう》は逆転した。戦力の八割以上を失った侵攻軍に、防衛側の残存兵力が躍りかかる。あとは、一方的な殲滅戦だ。

「びくとりい！」

くるりと椅子《いす》を回し、Vサインを突き出してみせる指導教授に、キオはたったひと言で宣告した。

「却下《きやつか》です」

「えー、どうして？」

いかにも不本意そうな声をあげるテレーズに向けて、キオは疲れた声で言った。

「存在しない兵器なんて、監督する教授連が認めるわけがないでしょう？　大体、何なんです、あれは。一発で半径五光年は消えてなくなりましたよ。最大級の反物質爆弾でも、あれだけの破壊力なんて出せません！」

「……存在するのに」

ぽつり、とテレーズが言った。叱《しか》られた子猫のように、ふくれっ面を見せている。こういったリアクションはなんとかしてほしい、とキオはときどき思う。

いやそれよりも、いまはテレーズがなにげなしに洩《も》らした、台詞《せりふ》の方が気になった。

「え？」

「だから、存在するの。時空連続体を過去に遡《さかのぼ》って切断し、一定空間の存在因果をなかったことにしてしまう時粒子《じりゆうし》蓄積《ちくせき》爆弾《運命の女神《モイライ》》。長年の研究の末、ようやく完成した理論だよ」

「り——理論がってことですよね」

ぶすっとして言ったテレーズの言葉を聞いて、キオは胸を撫《な》で下ろした。

万が一にも実在してしまっていたら、どうしようと思ったのだ。テレーズが怖れられている理由は、正体不明の万年少女というだけではない。彼女が実はとんでもない天才科学者であり、その過去を隠すため、姿形を変えて星間大学に身を隠しているという、まことしやかな噂もあるのだから。

安心したキオを見て、テレーズもそれ以上強弁《きょうべん》する熱意を失ったようだ。

つまらなそうに足を振りながら、投げ遣《や》りな言葉を投げてきた。

「ともかく、ロッシュくんが相手じゃ、生半可《なまはんか》な作戦は通用しないわよ。いっそ、彼の研究室に行って、情報収集してみたら？　意外と教えてくれるかもしれないわよ」

「冗談でしょう？　ロッシュ先輩は、イシス寮《りょう》に住んでるんですよ。私らのラミア寮とは、犬猿《けんえん》の仲なんですから。うっかり行こうもんなら、キオはともかく私なんかどんな目に遭《あ》うことか。ロボットに人権認めてない学生も多いんだから」

アキが肩を竦めた。嘆息《たんそく》したテレーズが、片手をふらふら振ってくる。

「だったら好きにしなさいな。私、知らないからね」

「……あの、教授。投げ遣りにならないでくださいね」

とにかくたしなめようとするキオの腕を、そのときアキが引っ張った。

「でもさ、キオ、案外いい手かも知れないよ。この間挑発しといたわけだし、案外先輩は、教えてくれるんじゃないかな」

「ええっ!?　本気か、アキ」

呆《あき》れた顔を向けるキオに、アキは思いがけず、真剣な顔を向けてくる。

「あたりまえじゃない。卒業後の就職が、この結果一つで左右されるんだよ。まして、私は下手をすれば、一介の歩兵戦闘ロボットが関《せき》の山。その道を逃れるためなら、なんだってやるのが人間というものよ！」

人間じゃないくせに。理不尽なものを覚えたキオは、その力説が彼女の過去になにか関係があるのかと、ふと興味を覚えた。

しかし、同時になんとなく怖くもあったので、あえて触れないことにする。

「え～と……それで、アキはどうするつもりなのかな？」

答えはわかっている気がしたが、とりあえず訊いてみた。

案の定、アキは胸を張り、力一杯に言い切った。

「裏を掻《か》く材料を探すのよ。弱いものはなんだって、勝てる要素を探さなきゃ！」

顔を紅潮させて言い募《つの》るアキを見ているうちに、またキオの胸が疼《うず》いた。

同じような言葉を、父からも聞いた覚えがある。思い出したくない記憶から、無理矢理に眼を逸《そ》らして、キオは唇を噛《か》む。

一方で、なぜこんなに、親父のことが気になるんだろうとも思う。思い出したくないほど嫌いなはずなのに。

そんなことを思ううちに、気分が沈む。瞳に陰りを宿らせるキオをよそに、アキは眼をきらきら輝かせ、拳《こぶし》を固く握り締めた。

「とにかくっ、先輩も大学当局も、私たちの敗北を前提にしてるのよ。キオも首がかかってるんだから、も少ししゃきっとしなさい！　可及的速《かきゅうてきすみ》やかに、ロッシュ先輩の考えを探り出す。これが正しい方法よ。じゃ先生、ゼミは休講ということで、よろしくっ」

思い立ったが吉日《きちじつ》。今日できることは明日に延ばすな。早起きは三文の得。

こういった諺《ことわざ》は、アキのためにあるようなものだ。一度こうと決めたら、とりあえず行動に移さねば気が済まない。

アキがキオを知っているのと同程度には、キオもまた同室で暮らすうちに、アキの性格を否応《いやおう》なく呑《の》み込んでいた――というより、呑まされたという方が正しいが。

なにしろ自称八万馬力だ。無理に抵抗して、腕をちぎられでもしたら眼も当てられない。義手をつけるにしろクローン再生するにしろ、結構費《つい》えがかかるのだ。

所詮《しょせん》、親元からの仕送りで生きている身、一国の元首の息子でも、貧乏学生であることは変わらない。

「それじゃ、先生。あとはよろしく」

「は〜い、行ってらっしゃい」

椅子《いす》を半回転させ、向こうを向いたテレーズの背中から、気のない返事と一緒に気のない手がふらふらと振られている、本気で拗《す》ねてしまったらしい。

あからさまに落ち込んだ様子のテレーズに、キオはすこしばかり、胸の痛みを感じた。けれども、仕方がないのだ。無茶な威力をもつ架空《かくう》の兵器を使ってよいなら、勝敗は初めから見えている。否、そもそも演習自体、する意味がないではないか。

「実用化されてないってだけじゃない。そりゃそうよ。強力すぎて実験もできないんだから……せっかく造った試作機も、裏庭に転がしたまんまだし」

研究室を出るとき、ぶうたれた声で、なにやら怖い台詞が聞こえたようだ。

しかし、その台詞に関わりあっていると、ますます泥沼《どろぬま》に引きずり込まれそうな気がする。だからキオは、あえてその台詞を頭から追い出して、引きずられつつ言い立てた。

「わ、わかったよ、アキ！　行くから力を緩《ゆる》めてくれよ！」

「最初っから、そう言えばいいのよ！」

アキは勢いよく言ったまま、学内交通システムの軌道《きどう》に向かう。

直径二〇〇〇キロの小型惑星とはいえ、その表面積の三分の一がキャンパスという超特大の大学だけに、各施設間の距離は半端ではない。徒歩は無論のこと、車や鉄道でも、時間がかかって仕方がない。

そんなこんなで、キャンパス内を隈なく覆《おお》う公共交通システムも、縦横《じゅうおう》に張り巡らされていた。

浮上式《ふじょうしき》リニア・システムだ。幾本もの軌道が並行する透明なチューブのなかを、四人ほどが乗れるカプセルが、猛スピードで飛んでいく。それらの軌道には歩道が併設《へいせつ》されていて、二人は歩道とチューブとの間に設けられた、通報パネルに手を触れた。

そのまま、待つことしばし。空のカプセルがやってきて、二人の前で静止した。

「イシス寮！　急いで！」

キオを引きずるように乗り込んだアキが、操作盤に向けて命令する。カプセルが浮上して、ゆっくりと加速しながら、別のチューブに軌道を変える。

イシス寮は近いから、乗車用軌道から一つ外側に移っただけだ。二人は向かい合って腰を下ろしたまま、後ろに向かって飛んでいく景色を、無言のままに眺めていた。


その頃、宇宙からやってきた二人の少女は、途方《とほう》に暮れていた。

フォイアフォーゲルの戦闘艇は振り切った。警戒システムの裏を掻き、学園星に侵入を果たしもした。

しかし、ナミがもっていた情報は、そこまでが限界だった。彼女が求めるキオが星間戦略学部に在籍しているということは知っていたし、その学部の地域も特定できたが、どの学生寮にいるかまでは、調査していなかった。

しかし、このまま引っ込むわけにはいかない。とりあえず潜《もぐ》り込んだ学生寮の、地下設備に身を落ち着けてから、ナミはもう三日もの間、キオを探して徘徊《はいかい》していた。

今日も今日とて、ナミはキオを探しに出る。

「行ってくるね」

その言葉を残し、ナミは立ち上がった。

残されるフィアールカが、すがるような声で言う。

「……あの、ナミさん……私、思うんですけど、あの……」

両の拳を握り締め、懸命の口調で何かを言いかかるフィアールカの言葉を遮《さえぎ》って、ナミは思い詰めた声で続けた。

「大丈夫だから、隠れていて。あたしが一緒にいる限り、貴女《あなた》を危険には晒《さら》さないから。ここで時間を稼いで、脱出の機会を待ちましょう。その間に、あたしはキオ様を見つけるから」

ナミの態度は、疑いようもなく真摯《しんし》なものだ。

しかし、肝心《かんじん》なところで間違っている気がする。それを指摘しようと、フィアールカは一所懸命、言葉を紡《つむ》ごうと試みる。

しかし機先を制するように、ナミの人差し指が唇を押さえた。

「いい？　絶対に、ここから出ちゃ駄目《だめ》よ。あたしは、キオ様を探さなきゃならないの。キオ様さえ見つければ、すべてうまく運ぶんだから」

それだけを一方的に言ってから、ナミは印を結ぶ。なにやら呟き始めたナミに向かって、フィアールカは思い詰めたような顔で問いかけた。

「ナミさん……そのキオという人は、貴女の、何なんですか？」

その途端、ナミは真顔になった。何かを言おうとして、口をつぐむ。健康そうな頬が、ほのかに染まった。

「そんなこと、言えない——身分が違うもの」

唇の内で呟いて、ナミは一陣《いちじん》の風を巻き起こす。思わず眼をつぶったフィアールカが顔を上げたとき、もうナミの姿はどこにもなく、ただ風の残滓《ざんし》が舞っているのみ。

「もう……ナミさん、人の話を聞いてください」

肩を落として、フィアールカは虚空《こくう》に顔を向け、嘆《なげ》くような口調で言った。

「こんなところに隠れなくたって、教務課に行って、キオさんを呼び出してもらえばよかったんじゃないですか？　星忍だからって言ったって、いつでも忍び込まなきゃならないってことはないと思うんですけれど……」

そのまましばし、愚痴《ぐち》をこぼしていたフィアールカだが、しばらくたって虚《むな》しくなったのか、肩を落として口をつぐんでしまった。

確かに正論だ。しかしその正論が、ナミがいない場所でしか口に出せない。

彼女がいない場所でなら、いくらでも追及できるのに――そう自覚するにつけ、胸の奥に痛みが募り始めた。

「なにやってるんだろう、私……」

無力感に襲われて、フィアールカはその場に座り込む。

そこいらの保管庫から引っ張り出した毛布を使って、ナミがつくってくれた寝床が体を温かく包んでくれる。しかしその温かみは、少女の心まで、温めてはくれなかった。

「お母さん――お父さん。私、帰りたい……」

護符《ごふ》を握ったまま、フィアールカは小さく呟いた。


最初にそれを『見た』と語るのは、ラムティア商業同盟の中核国、カルタス共和国からやってきている有力な商人の娘と、その娘といつもつるんでいる辺境の交易《こうえき》都市ヴェネティスの、元老院委員の娘だった。

「私たち、あの日はクラブ活動で遅くなってしまって、ご飯食べるのも遅かったんですよ。食堂に行ってもシェフもいなくて、仕方ないから自動調理器で定食を取ったんです」

「それで、トレイにお料理載《の》っけて、テーブルにつこうとしたら、いきなり眼の前にぼおっと光る人影が！　硬直しているうちに、気がついたらお料理全部なくなっていたの！　あたしのだけじゃなく、ルマちゃんのまで！　本当にお化けだと思うの！」

ちなみに、ルマというのは、カルタス出身の少女の名である。

しかし、このときには、信じる者はさほどいなかった。

なにしろ、学校の寮という場所は、怪談の宝庫である。アムラフ全土で、無慮《むりょ》二〇〇〇棟は建っているだろう学生寮のすべてに、最低七つは怪談が伝えられている。七不思議という奴だ。先輩から後輩へ、そして教授から学生へ。教育機関にまつわる伝説は、それぞれの学部や建物に、固有の文化といっていい。

彼女たちは先輩から聞いた伝説に、真実味を帯びさせるために体験談として話した。そう思われたのだ。

しかし、翌日には、別の目撃者が現れた。この日を境に目撃者が爆発的に増え、寮の学生自治組織を巻き込んで、警戒態勢に突入した。

なにしろ、商業同盟の科学、文化の最先端が集中している場所だ。敵対している国々にしてみれば、垂涎《すいぜん》の的《まと》といっていい。

「敵国の間諜《スパイ》かもしれない！」

そうした声に押されて、イシス寮の自治会は、第二種警戒態勢を発令した。

大学惑星全体の防衛組織ならずとも、各寮の戦闘力は下手《へた》な星間国家を凌《しの》ぐ。研究機関としても、その研究内容は大企業や軍をも凌ぐ。なまじ実用化を考えていない分、節操のない装備が可能。しかもその運用者は、限度を知らない若者たちだ。

かくしてイシス寮周辺は、正規軍でも見られないような超ハイテク兵器が配備され、あたかも開戦前夜の趣《おもむき》となっていた。

キオとアキがイシス寮を訪れたのは、こんなややこしいときだった。

「なんだとぉ？　ロッシュに逢《あ》いたいだと？　おまえら、ラミア寮の住人だろうが。それも、今度の発表会で、ロッシュと戦う相手だろう!?」

語気荒く睨《にら》みつけてきたのは、イシス寮の自治会警備班長を務める五年生だった。角刈りにした頭に、ごつい体に口髭《くちひげ》。いかにも体力自慢の、どこが学生じゃと言いたいような面構《つらがま》えの先輩が、二メートルを超える体を捻《ね》じ曲げて、胡散臭《うさんくさ》そうに睨《ね》め回す。

その視線に、アキは対抗意識を刺激されたのか、ふん、と鼻を鳴らして胸を張る。

一方、ルームメイトほど好戦的になれないキオは、精一杯下手《したて》に出た。

「あのー、先輩。ご存じかと思いますが、僕のところはロッシュ先輩が相手だというんで、恐れをなしちゃって……三年生以上はほぼ全員、リタイアしちゃったんです。それで、僕が指揮を執ることになってしまったんですけれど……」

「それは聞いとる。だがな、今はそれどころじゃないんだ」

五年生は樽《たる》のような巨体を揺すり、手近な椅子を引きつけた。鉄の塊《かたまり》からそのまま打ち出したようなごっつい椅子だ。数百キロの重さがありそうだが、それをものともしない怪力も、またたいしたものだった。

「負けない」

ぼそっと呟いたアキが、自分も同じ椅子を引き寄せた。

しかも小指を引っ掛けただけだ。自分の力はこの先輩より上だとアピールしているつもりらしいが、人間を相手に張り合って、なにか意味があるのだろうか。

そんな考えが頭をかすめたが、とりあえずもっと大事な用がある。そこで懸念《けねん》は胸の奥に押し込めることにして、キオは身を乗り出しつつ声を潜《ひそ》めた。

「そこで、ロッシュ先輩に、相談に乗っていただきたいんですが……実は」

キオが説明しかけたところで、先輩は団扇《うちわ》を思わせる大きな手を振り、言った。

「ああ、そこから先は言わんでいい。わしは専攻が違うし、第一おまえの相手をするわけじゃない。そういうことなら、直接ロッシュに言うしかないな」

「だから、呼んでいただきたいんですけど」

つい懇願《こんがん》するような口調になったキオだが、五年生は難しい顔で言ってきた。

「だが、うちの寮はちと騒ぎになっとるんだ。ロッシュは寮長だからな。この騒ぎが収まるまでは、おいそれとは話が聞けんかもしれんぞ」

「どういうことです？　一体なにがあったんですか」

アキが口を出す。すると五年生は、口をへの字に曲げて言った。

「こういうのは何かと思うが、幽霊《ゆうれい》が出るという話があってな。それが本当らしいんだ」

「幽霊？　なんだかそれって、すっげえ怪しいような気がしますが」

あからさまに顔をしかめたアキが、遠慮《えんりょ》会釈《えしゃく》なく口を挟んできた。

キオは、思わず首を縮めた。イシス寮の寮生たちには、ロボットに差別意識をもつ者が少なくないと聞く。迂闊《うかつ》なことを言えば、余計なトラブルを引き起こしかねない。

確か、そう言っていたのはアキ自身だったはずだが。しかし、この先輩は、そうした意識とは無縁のようだった。

「わしもそうは思ったんだが、バンシー寮の寮生が、応援に来てくれてな。彼女が見てくれたんだ。その結果、幽霊じゃないと結論づけたそうだが」

「霊能者ってことっすか？　ますます胡散臭くない？」

ますます疑わしげなアキに向かって、五年生は分厚い肩を竦めてみせた。

「その、なんだ。その女子学生も……まあ、いい。世の中、知らん方がいいこともある。いま、ロッシュに連絡しといてやる」

言いながら、五年生は大きな手を上げ、ある方向を指し示す。と、そのとき駆け込んできた三年生が、咎《とが》めるような声をあげた。

「バン先輩！　そいつら、フェドレンカ研究室の学生ですよ!?　きっと機密を探りに来たんです！」

「あら、度量《どりよう》の狭いこと」

ぼそっと呟くアキの言葉に、その三年生は血相《けつそう》を変えた。

「なんだとぉ!? 機械人形の分際《ぶんざい》で、我々を侮辱《ぶじよく》するか！」

「い、いえっ！ こいつ、言語中枢《ちゆうすう》が未熟で。なんせ安物ですから、あははは」

険悪《けんあく》な空気を察したキオが、慌ててフォローに入る。アキの凄《すさ》まじい眼に冷や汗が流れるが、あえて生唾《なまつば》を呑み込み、腹を据《す》えて言葉を継いだ。

「外部からの侵入者じゃないんですか？ 先輩、大学当局の警備隊は？」

「入れておらん。この程度のことで公権力の介入《かいにゆう》を招いては、自治の根幹《こんかん》に関わる」

バンと呼ばれた五年生が、丸太のような腕を組む。

なるほど、この星では、大学の警備部が公権力になるわけだ。納得したキオは、内心でやりやすくなったと思いつつ、あえて肩をそびやかした。

「僕たち、役に立てると思いますよ。諜報《ちようほう》活動については、知っている方だと思います」

「なに、本当か？」

振り向いたバンに、なぜだかアキが胸を張る。

「本当ですよ。なにせこいつは、あのビスティシアの後継者ですから」

その言葉を聞いた途端、キオは嫌そうに顔をしかめた。しかしバンは熊のような顔を近づけ、キオの顔をまじまじと見て問うた。

「それじゃ、そっちのロボット娘は、噂に聞く星忍か？」

「え？　いえ、私は」

言いかけるアキの口を塞《ふさ》ぐようにしながら、キオは先回りして言い立てた。

「そうですっ！　僕の星では、有能な者は出自を問いませんから。僕直属の星忍にするために、特別製造したんですよこの娘は。あははは」

ここまで来たら、どれだけ嘘《うそ》を重ねても同じことだ。背に刺さるアキの視線が怖いが、いまは考えないことにする。

あとは野となれ山となれ。これはカロン家に伝わる、処世訓《しょせいくん》の一つである。

しばらく考えていたバンは、猪首《いくび》を頷かせて言った。

「大学側には報《しら》せたくない。二人とも、手を貸してくれるか」

「はい、ありがとうございます」

愁眉《しゅうび》を開いたキオが頭を下げた。内心では引っかかるものがある。しかし、今はあえて、己の感情に蓋《ふた》をした。

「ロッシュは自治会警備班と一緒におるよ。自治会室は、二階の南端だ。途中でなんか言われたら、わしの名を出せばいい。わしは前寮長のバンというもんだ」

「は、はい――ありがとうございます」

キオはアキの手を引いて、階段を上っていく。先刻と違って、表情が沈んでいる。その顔を、アキは首を傾げて眺めている。

「キオ……あんた、そんなに国が嫌なの？」

見かねた口調でアキに問われ、キオは一瞬詰まってから、吐《は》き捨てるように言う。

「国が嫌いなんじゃない。親父が嫌いなんだ」

「そうかなあ……本当に嫌いなら、そんなにいちいち引き合いに出さないと思うよ」

アキがぼそりと言ったひと言に、キオは眼を怒らせた。

が、振り向いて何か言おうとした途端に、傍らをどすどすと追い抜いていった異様な姿を認めて、唖然《あぜん》として言葉を失った。

「なんだ、あれ……」

搾《しぼ》り出すように言ったキオの背後から、アキが憮然《ぶぜん》として言ってきた。

「力場《りきば》甲冑《かっちゅう》だよ。開発コード、コテツ一型……刀型の二型とセットで、力場工学部のセキ研究室が開発してる新型装備。あんたの国なら、情報が入ってたでしょうが」

その声が、怒っている。いつもながらの澄《す》んだ声音ではあるが、そのなかに歪《ゆが》むノイズが怖い。いつもより低い声音が、さらに怖い。

「そ、そうか……いやあの、僕は忍びの世界とは距離を置いていたから」

口ごもりながら説明しつつ、キオは悔《く》いた。

女の子を怒らせてはいけない。相手が生身でも機械でも、そんなことは関係ない。

「ご、ごめん……悪いけど、今はそのことには触れないでくれないか」

押し殺したような声だ。アキの問いをうとましく思うのと、心のなかに踏み込まれた不快感に、懸命に折り合いをつけているように思う。だから、アキもひとまず、鉾《ほこ》を収めることにした。

「わかった……まず、ロッシュ先輩に逢わないとね」

溜息《ためいき》をつきながらも、アキは気遣《きづか》うように問いかけた。

「キオ、本当に侵入者がいたら、戦うつもり？」

「わからないな……正直、深くは考えてなかった」

唇を噛んだのは、嫌っているはずの父の特技を、寮内に入る口実に使ってしまったためだ。しかし、またそこから眼を逸らす。父の記憶と向き合うのは、辛いことだった。

「今必要なのは、先輩に逢うことなんだ。そう言ったのは、おまえじゃないか」

「う〜ん、私は正直なところ、自分が参加したいんだな。いい勝負になると思うよ。キオの指揮なら、なおさらね」

眉を上げて言うアキの言葉を聞き咎め、キオは心許《こころもと》なさそうに呟いた。

「戦争をやるのは、僕でなくてもいい。テゴス兄さんがいるんだから……」

独り言のようなそれは、アキに向けたものではなかった。

さすがにそれを口にするのは、男として恥ずかしいように思えた。だから自分にだけ向けた、それは愚痴《ぐち》だった。

もっとも、普通の耳には届かないほど小さな声でも、アキの耳は感度のいい集音装置だ。キオの独り言もしっかり聞いていたが、それについては、もう絡《から》むことはなかった。ただ肩を竦めて、キオの後について いく。

「キオも、いろいろ大変なんだねぇ。守ってあげるからね」

嘆《たん》ずるようなアキの言葉は、それこそ黙々と歩むキオの耳には届かなかった。

人には聞こえないはずのキオの言葉と、さらに小さなアキの独り言を、聞き取っている者がいた。

天井裏の、ダクトの上だ。警報装置は侵入《しんにゅう》したその日に殺してある。殺すと警報が鳴るシステムのところは、データを迂回《うかい》させてクリアした。この程度なら問題ない。十星忍でなくても、やってのけるレベルの仕事だ。

しかし、寮生に姿を見られたのは失敗だった。学生という生き物は、こちらがどんなに気をつけても、どこからともなくやってくる。それに夕べ出会った学生は、あれは本当に生き物なのか。忍びなんて仕事をしていると、いろいろと珍しいものに会うものだ。そうした事々に気を取られて、初めは、気にも留めなかった。

侵入者を駆り出すために集められた、学生の一人だと思っていた。

しかし、二人が口にした名が、少女の意識を刺激した。

「テゴス様？　それにキオ様!?　なんでその名が。もしかして、ここにキオ様が!?」

冷静に忍んでいたはずなのに、一気に顔が熱くなった。

わたわたと方向転換し、懐《ふところ》から取り出した分子振動苦無《クナイ》で、天井に穴を穿《うが》つ。慌《あわただ》しく覗《のぞ》いた眼に、少年と少女の姿が見えた。

少年の顔を確認した途端、ナミの胸のなかで心臓が跳《は》ね上がった。

「キ、キオ様!?　よかった、お逢いできたわ。ええと、でもどうしたらいいんだろ。キオ様、気づいてくださいっ！」

さすがに常識は残っていて、声を立てたりはしていない。しかし跳ね上がった心拍数と体温の上昇、感情の乱れは、忍びとしては致命的なほど激しいものだった。

ゆえに、その変化は網を張っていた、学生警備隊に探知された。

「侵入者発見！　二階に続くA階段の天井裏！」

警備についているすべての学生に、すぐさま指令が飛んだ。

外部勢力の干渉《かんしょう》を許さない星間大学に、侵入者が現れた。

そうと知った学生たちは、憤《いきどお》りを燃やしつつ、猛然と殺到した。

第三章　剣と拳《こぶし》の二重奏

今のナミにとって、己《おのれ》の存在が知られたことなど、すでにたいした問題ではなかった。

「な、なんでキオ様が今頃!?　そ、それはここの学生さんなんだから、いても不思議はないのだけれど。でもでも、今まで探しておりましたのに、どうして今になって。ナミの探し方が悪かったのですかっ!?」

一人あたふたとしているうちにも、動悸《どうき》は打つし顔は火照《ほて》るし。体内分泌量《ぶんぴつりょう》も増大し、身体活動があれこれと、にわかに活発になってきた。

名だたるビスティシア星忍《せいにん》の、しかも最強メンバーたる十星忍の一人でありながら、キオの姿を見た途端、星忍として取るべき手段は脳裏《のうり》から蒸発《じょうはつ》してしまい、ナミはひたすら、キオの頭上に向かって突き進む。

その動きを、アキが捉《とら》えた。天井《てんじょう》のパネルを通して感知された映像が、光電子脳で再構成されて、標的の形を伝えてくれる。

「いけない。こっちに来るよ、キオ」

「学園星の警備網を潜《くぐ》り抜ける相手だもんな。ロボットかサイボーグじゃないのか？」

キオに答えるように、アキはセンサーの精度をあげる。顔立ちまではわからないのが残念だが、全体のシルエットがアキの光電子脳内に、淡《あわ》い光の像で描かれた。

「……どうやら人間みたいだよ。機械の反応はあるけれど、全部表面に出ているから、装備品だと思うな」

答えながら、アキは相手の姿を、可能な限り絞《しぼ》り込み、逐一《ちくいち》報《しら》せていく。

「身長は——一五七ってところかな。体型は細身、胸と臀部《でんぶ》に、体温の偏差《へんさ》——たぶん女だわ。髪をポニーテールにまとめてる。サイズは上から、八五、五八、八五——」

「そ、そんなことまでわかるのか？」

具体的に描写されてたじろぐキオの背後から、深みのある声音がかけられた。

「侵入者は女性か。詳細なデータが取れないものかな？」

いきなり話しかけられて、キオは泡《あわ》を食って振り返る。

見覚えのある、碧《あお》みがかった瞳と眼が合った。均整の取れた肢体《したい》に、穏やかななかにも情熱の窺《うかが》える顔。金色の髪が波打つ頭部には、ここ一〇年ほどのアムラフ星間大学では最高と目される頭脳が収まっている。

天が二物も三物も与えることもあるという、不公平の極みのような青年が、二人を見下ろしながら頷《うなず》きかけた。

「バン先輩から連絡があってね。ラミア寮《りょう》のキオ・カロンが訪ねてきているということだったのに、なかなか来ないから不審《ふしん》に思っていたんだよ」

視線だけを向けたアキを見つめ、ロッシュ・ユルフェは謝罪の言葉を口にした。

「この前は失礼した。水に流してくれればありがたい。ええと……」

「アキです。アキ・リリス。キオのルームメイトで、フェドレンカ研究室生です」

アキが頭を下げた。相手は上級生で、しかも対戦相手である。礼儀《れいぎ》正しくしておくにこしたことはない。

「先輩、凄《すご》い戦力ですね。力場甲冑《りきばかっちゅう》まで動員するなんて、幽霊《ゆうれい》って話、やっぱり信じていなかったんですね」

「単なる怪談なら楽しいものだがね。僕は、寮を統括《とうかつ》する立場だ。ありうる事態には、対処しておかないとね――こんなこと、実現しない方が良かったんだが」

ロッシュは苦笑する。しかしその顔も、天井裏を移動するナミの眼には入らない。

据《す》わった眼にはキオしか映らず、ぶつぶつと独り言が紡《つむ》がれる。

「キオ様……やっぱりお逢《あ》いしなければ。ビスティシアの崩壊と、御館様《おやかたさま》の最期《さいご》を、お知らせしなければ……。ああでも、お知らせしたらきっと、キオ様は悲しまれるわ。そんなキオ様を見るのは辛い。それに、楽しく学生生活を送られているのに、それを壊してしまうことになる。あたし、一体どうしたら」

一人であれこれ想像して、ナミは一人、煩悶《はんもん》する。

少々手順は狂ったが、キオに逢うのがこの学園星に侵入した、そもそもの目的だ。

加えてキオにならば、この星に不法侵入したうえ、寮に無断で潜んだことへの弁明もできそうに思う。キオは正規の学生で、しかもビスティシア元首の息子だ。万が一にも、その言葉が軽《かろ》んぜられることなどあるはずがないと、頭から決め込んでいた。

銀河を舞台に相争う星間国家の視点で見るなら、ビスティシアは取るに足りない小国にすぎないという事実が、ナミの頭には入っていなかった。

だからキオと逢うにも、力ずくの方法しか思いつけない。

「天井を切り破ってでも、キオ様の処《ところ》に行かなくちゃ。けれど、みんなキオ様のご学友。傷つけるわけにはいかないし……」

思案を巡らせながら、とりあえず腰につけた刀を抜く。眼下には、力場甲冑を着けた学生たちがひしめいているのだ。戦うつもりはないが、用心はしなければ。

柄《つか》に仕込まれたセンサーがナミの生体情報を感知して、刃渡り六〇センチほどの刀身全体に、淡い光が灯《とも》った――その瞬間。

「エネルギー反応！　みんな、気をつけて。相手が動いた！」

アキが警戒の叫びをあげた。取り巻いていた学生たちがわっとばかりに後退し、力場甲冑を纏《まと》った青年が、凛《りん》とした声で言う。

「皆、下がれ！　取り押さえるぞ！」

腰のホルスターから抜き放った棒状の装置の先端から、眩《まばゆ》い光の刃が吹き伸びた。

柄に仕込んだ発振器《はっしんき》で作り上げた力場を、刃の形に形成したフィールド兵器。高出力のジェネレーターを柄の部分に仕込み、荷電粒子《かでんりゅうし》を一定の形に形成して、任意の形に整える。その高温と荷電粒子の衝撃力で、目標を寸断する武器だ。

その輝きを眼にして、ナミは舌打ちした。

「力場兵器とは厄介《やっかい》なものを。けれど、あの武器は、持続時間に限界があるはず」

力場の形成と荷電粒子の封じ込めには、莫大《ばくだい》なエネルギーを消費するはずだ。なのに眼下の一団は、白熱の刃を二メートルほどに伸ばしたままでいる。あれほどの刃を維持するには、かなりのエネルギーが入り用だ。こうしている間にも刃を形成しているエネルギー源は、猛烈な勢いで消耗《しょうもう》しているに違いない。

その隙《すき》を狙《ねら》って反撃し、斬《き》り抜ければいいと、ナミは思った。

いつものような任務でなくてよかった。いまは追われる身とはいえ、星間大学は治外法権。しかも、ナミとフィアールカを追跡するフォイアフォーゲル帝国とは、事々に対立している国の傘下《さんか》にある。さほど切羽《せっぱ》詰まった状況にあるとは思えず、一度囲みを破ったあとで、改めてキオに逢えばいいと、楽観していたナミではあったが。

次の瞬間、力場甲冑の学生が取った行動には意表を突かれた。

床を一蹴《ひとけ》りして跳躍し、粒子剣を振るったのだ。ナミの眼の前で、パネルが裂かれて飛ぶ。数千度の高熱を浴びた強化樹脂《じゅし》の厚板を、一瞬にして斬り割った破口から躍り込み、その剣士は気合いとともに突いてきた。

兵士ならぬ学生が、まさかこれほど乱暴な方法を採《と》るなどとは、考えてもいなかった。さらに相手の腕が、予想を遥《はる》かに超えている。星忍の任務を果たすうえで、白兵戦術の達人と戦ったことも一度や二度ではない。フォイアフォーゲルの特戦部隊員とも刃《やいば》を交えたことはあるが、こと剣技に関する限り、その誰をも上回ることは確実だ。

これでは駆け抜けるどころではないし、第一相手の腕が逃走を許さない。

間合いを取ることもできず、白熱の剣が眼前に迫る。

「つ、強い……受け流せる相手じゃ、ないっ！」

ナミの顔に、うっすらと汗が滲《にじ》む。救いを求めるようにキオがいる辺りを窺うが、階下にいるキオからは、何が起こっているのかわからない。

ただ、切り裂かれた天井の隙間から、青白い閃光《せんこう》が洩《も》れてくる。その光がめまぐるしく変化して、激しい戦いが行われているとのみ推し量《はか》れる。

「アキ、どうなってる!?」

キオの顔に汗が滲む。問われたアキは瞳を据えたまま、押し殺したように言った。

「速い——人間の眼には見えないかな。疾風迅雷《しっぷうじんらい》とはこのことだわ」

人の眼には見えない剣技を、アキの瞳は捉えていた。眼の中心から、紅《あか》い電子光が迸《ほとばし》る。その瞳が映した映像が光電子脳で解析《かいせき》されて、数千分の一秒ごとに分解されていく。

「燕飛《えんぴ》、超飛《ちょうひ》、刃瞬《じんしゅん》――」

「なんだ、それ」

聞き慣れない言葉を口にしたアキに、キオが怪訝《けげん》な顔で問う。

「剣術の、技の名よ。地球という星の古い武術――タイ捨流《しゃりゅう》という流派にある技」

「僕の先祖も、地球の出身だったはずけど……アキ、妙なことを知ってるな」

感心するキオに苦笑を向けて、アキは微《かす》かに首を傾《かし》げた。

「相手は反撃していない。力場甲冑の人は凄い遣《つか》い手よ。けど、侵入者はその斬撃《ざんげき》を見切ってかわしてる。あれだけの身ごなしなら、反撃もできるだろうに――どうしてかな」

「ユンは剣術部一の遣い手だ。攻撃に出る余裕がないんじゃないか？」

ロッシュが口を出してきた。群青色《ぐんじょういろ》の双眸《そうぼう》が、何かを探るような光を沈めている。

侵入者もさることながら、研究室同士の研究発表――有体《ありてい》にいえば決闘の直前に面会を申し込んできた二年生の二人組に、いささかの警戒心を抱いているようだ。

無理もないな、とアキは思う。

彼女自身は大学からの編入組だが、キオは中学時代から、この学園星に留学していると聞く。アムラフ星間大学は、これでもラムティア商業同盟きっての名門校で、総学生数はおよそ三千万。講義も半端でなく難しい。そのなかで一つの学校過程を丸ごと飛び越えた者は、キオ以前にはいない——のだそうだ。ロッシュも気になるだろう。

もしかすると、本当にたいした奴なのかも、と、アキは光電子脳の片隅で思いつつ、天井裏で繰り広げられている戦いを見つめていた。

そして、首を振る。器用なことに、視線は天井に向けたまま。

「違いますね。私は、二人の筋電流を測ることもできるんです。女の子のほうは、まだ幾分余裕がある。なんとか、相手を傷つけないようにしている——そんな動きだわ」

「え？」

キオは眉《まゆ》を顰《ひそ》めた。アキの言葉が、記憶の棚を揺さぶった——そんな感覚とともに、遠い昔に知っていた、とある少女の顔が脳裏に浮かぶ。

小鳥と一緒に遊ぶ、人の良さそうな少女の顔。

「どうしたの？」

キオの口調に揺らぎを感じたものか、アキが不審そうに問うてきた。

「いや、命のやり取りの場所で、そういうことをしそうな女の子に心当たりがあるんだけど……まさかね。こんなところにいるはずがないし」

首を捻《ひね》るキオに、アキが左眼を向けた。

頭の中身の大半を戦闘の解析に向けているために平板な口調になってしまっていて、

これが結構怖い。さらに横顔はぴったりと前方に向けられていて、左眼だけが独立した生き物のように睨《にら》んでくるのだ。この歪《いびつ》な顔つきに、キオはまじにびびった。

それでも懸命に、自分の考えを口にする。

「寮への潜入が目的じゃない。他に目的があって、単にその過程として寮に入ってしまった。それに、学生を——というより、無関係な相手を傷つけることで、目的を果たすのに支障が出るか。とにかく、僕たちは本来、戦う相手じゃないってことだと思う」

「もっとも、まともな工作員なら、そんなミスは犯さないだろうね」

ロッシュが身も蓋《ふた》もないことを言う。

確かに、この騒ぎになるまで三日はあったのだから何らかの行動は起こせたはずだし、少なくとも動きを見せていてもいいはずだ。

なのに、何もしていない。この三日間でやらかしたことといえば、寮生たちに目撃されて、騒ぎを引き起こしたことだけだ。

そう考えたとき、当然出るだろう結論を、ロッシュは呆《あき》れた口調で言葉に出した。

「やっぱり……ただの間抜けなスパイじゃないのか？」

「そうかも——しれませんね、やっぱり」

内心ではそう思っていたこともあり、キオは自分の説を撤回《てっかい》した。

そして、もう一度眉を顰める。間抜けなスパイという言葉と、記憶にある少女が、妙に結びついているように思えたのだ。

「けれど、仮にも十星忍の一人だし……まさかね」

自分に納得させるように呟《つぶや》いたとき、もう一つの可能性に気づいた。

その行動が、未熟ゆえのことと考えれば、確かに間抜けだ。しかしそうではなく、極力無関係な者を巻き込むまいとする意志の故《ゆえ》だったとすればどうなのか。

「あいつなら、やりそうだよな……けれど、まさか。ここまで来る理由がないはずだ」

その独り言は、しかし必死に防ぐナミの耳には届かない。

粒子剣に斬り立てられ、動きが取れずにいる。ただ防ぐにも限界がある。いずれは傷を負い、動けなくなるのは時間の問題だ。ユンという学生は、それだけの腕をもっている。

「こ、このままじゃ、捕《つか》まってしまう——けれど、キオ様のご学友と戦うわけにはいかない。ならばいっそのこと！」

唇を噛《か》み締《し》め、手にした分子振動刀を、素早く片手に持ち替えた。

同時に、ベルトに付けた小箱に手を伸ばす。

小さなカプセルを振り出して、一気に刀を振るう。ユンにではなく、自分の足元に。

「なにっ!?」

一瞬、ユンは声をあげた。天井のパネルを叩《たた》き切ったナミが、階下に身を躍らせる。

そのしなやかな姿が、一瞬キオの眼に映《うつ》った。

「ええっ!? まさか、本当にナミ!?」

記憶のなかの少女の姿と、飛び降りた少女の顔が、束《つか》の間《ま》重なった。しかしキオの言葉が届かぬうちに、ナミは着地点めがけて、手にしたカプセルを叩きつけた。

閃光《せんこう》とともに噴出した大量の煙が、学生たちの視界を奪った。混乱に拍車がかかり、包囲していた学生たちが、潮《しお》が退《ひ》くように後退する。

「いまだっ!」

着地したナミが、一気に床を蹴った。相手の眼を塞《ふさ》いだうえで星忍の運動能力をもってすれば、簡単に突破できる。そう思ったのだが、

「撃《う》てっ!」

学生自治会の、今度は飛び道具を持った者を指揮する四年生が号令した。

熱線銃やパルス銃、力線銃などが、一斉に火を吹いた。ごくわずかな時間差をつけて、熱線やら集束光線、果ては鉛《なまり》の弾丸まで飛んでくる。

迂闊《うかつ》に走れば、かえって当たる。普段なら歯牙《しが》にもかけない飛び道具だが、ユンと呼ばれた剣客の斬撃を逃れながらすべての銃を見切るというのは、若いナミには難しい。

「き、斬っちゃ駄目だ。術を使うなんてとんでもない。キオ様にも迷惑がかかるし、フィアールカを連れ出すことだって、難しくなるに違いない。何より罪のない人を死なせて

しまう！」

　必死に脱出の方法を探るナミの耳を、これまた張りあげられた、別の叫びが震わせた。

「精神衝撃銃をもってこい！　防衛対象物を捕獲《ほかく》する！　第一分隊、かかれ！」

「押忍《オス》！　第一分隊行動開始！　精神衝撃銃を用意します！」

　学生というより軍隊を思わせる会話だが、これは体育会系ということか。

　その指示に応じて、待機していた屈強な学生たちが動き出す。体格といい身ごなしといい、達人とはいかないまでもかなりの腕をもつ、武道部系の連中と見た。

　さらに、ユンが飛び降りざまに粒子剣を一閃《いっせん》させた。巻き起こった剣風《けんぷう》に、たち込めた煙幕《えんまく》が吹き飛ばされる。立ち竦《すく》むナミの姿が、全員の眼に晒《さら》された。

　その顔を見たキオが、今度こそ本当に顔色を変えた。

「ナミ！　間違いない、ナミだ！」

「ええっ!?　キオ、本当に知り合いなの!?」

　振り向いたアキが、泡を食った口調で問う。慌《あわただ》しく頷いたキオが、食い入るように見ながら言った。

「僕の国の、星忍だ。昔、しばらく一緒に暮らしていた――ひさしぶりに顔を見た」

　ひさしぶりに逢った少女に、子供の頃の楽しさが蘇《よみが》ってきたようだ。しかし、そんな場合ではないと思い返して、大声で呼びかける。

「ナミ！　ナミだろう!?　僕だ！　キオだよ！」

しかし、キオの声は喧騒《けんそう》に吹き飛ばされた。乱射する銃と飛び交う怒号にかき消され、眼前で指揮するロッシュにすら届かない。

キオの焦燥《しょうそう》をよそに、ユンは猛攻を開始した。

吹き上がった埃《ほこり》が、眩い炎をあげて燃え落ちる。力場甲冑が、物質に近いまでに凝集《ぎょうしゅう》された形ある防御スクリーンだということを、如実《にょじつ》に示す光景だ。

さらに、その力場は発振者の体を支え、生まれもった筋力を増幅させる。ナミはその情報を知ってはいたが、さすがに学生が研究の名目で好き放題に開発した、採算性無視の試作品までは、フォローしていなかった。

「こ、これは、手強い――！」

その出力に後押しされて、ユンの剣技は鋭さを増している。ナミの顔に汗が滲む。

星忍といえども、血に飢《う》えた殺人鬼というわけではない。任務の支障となるなら殺人も、破壊工作も厭《いと》わないが、いま戦っている相手は任務に一切関係ない部外者だし、そうした手段に訴えるのは、星忍として落第だ。

ナミは、だから戦えない。キオの寮とは別の建物に入ってしまったのはナミ自身のミス。そして不法侵入者を捕らえようとするのは、学生たちが示すべき、当然の反応だ。

それに反撃してしまっては、ナミ自身が誇りある星忍として、鼎《かなえ》の軽重《けいちょう》を問われよう。

そして、彼女が星忍の誇りを懸《か》けて自分に課す、なお大きな重石は。

「あたしが戦えば、キオ様にご迷惑がかかる——それだけは、絶対に！」

できない、とユンの剣をかわしながら、ナミは切実に思う。

キオは星間大学の学生だ。そして、ナミをはじめとする星忍の束ね——クリュス・カロンがビスティシアの最期とともに姿を消したいまでは、元首継承順位第一位。《御館様》と呼ばれても間違いない地位にある。

少なくともナミの考えでは、キオこそクリュスを継ぐべき男だった。

理屈ではない。そうでなければならないのだ。その信念が、ナミがもつ選択肢を、著《いちじる》しく狭《せば》めてしまっている。

ユンの剣は激しさを増し、やや格下の学生たちも、粒子剣を連ねて隙《すき》を見せない。かといって三次元の機動を取ろうとすれば、容赦《ようしゃ》なく銃火が襲う。それはもう、下手《へた》な軍事大国が繰り出す白兵戦用の戦力を、軽々と超えている。

それでも、ナミは戦おうとしていない。ユンが繰り出す手練《てだれ》の剣技を、顔を引きつらせながらもかわし続けるのみのナミを、いつしかロッシュも感嘆《かんたん》の眼で見つめていた。

「凄い……凄い女性だ。僕らが攻撃しているのに、反撃しようとしていない」

今では、ロッシュにもアキが言うとおり、ナミの気遣いがわかってきたようだ。

彼女を見つめる双眸に、いつしか敬意の光が宿る。必死にかわし続けるナミの顔に浮かぶ汗が、可愛い容貌《ようぼう》とあいまって、鮮やかに美しい。見つめるロッシュの顔に、陶酔《とうすい》したような紅みが浮いた。

しかし、ロッシュの感嘆も、ナミの耳には届かない。

余裕がないのだ。胸元をかすめた光の刃《やいば》に、つい苦情を洩らしてしまう。

「学生のくせに、なんでこんな戦力を野放しにしているのよ。フォイアフォーゲルなんかより、よっぽど危険じゃない！」

焦燥のままに叫んでしまうが、ユンは動じた様子もない。

「学生だからこそ、大国の意志に抗して戦う力が入用なのだ。もっとも、星間戦争が戦える装備はないうえに、卒業時にはすべての技術を、外部には使わない旨《むね》、誓約《せいやく》する。従って星間大学の技術が、外界の戦争に使われることはない。貴様のような者が、研究成果を持ち出すこともない。諦《あきら》めて冥土《めいど》に参るがよい」

恐ろしい台詞《せりふ》を口にして、ユンは必殺の刃を振るう。

「わわっ！」

大気すら寸断するような斬撃《ざんげき》を、ナミは顔を引きつらせてかわす。汗の雫《しずく》が散って、かわす間合いが、紙一枚まで大きくなった。

動きがそれだけ大きくなったということだ。鍛《きた》え抜いたナミの体にも、疲労が重く溜《た》まり始めた。それは眼に見えない枷《かせ》となって、彼女の動きを遅くする。

「なんで、そんなに保《も》つんです!?　粒子剣は長もちしないから実用化できていないって、常識じゃないですか！」

ナミは悲鳴にも似た叫びをあげる。すでに戦い始めて、五分近くが経過した。しかし粒子剣も力場甲冑も、いっこうに薄れる気配がない。それどころか、ますます輝きを増している。

ナミの必死の叫びに、ユンは素《そ》っ気《け》なく答えてきた。

「手の内を明かす気はない。それに、君はこの剣が実用域に達していることを知った。生かして帰せなくなった」

「貴方《あなた》が勝手に見せたんでしょう!?」

理不尽《りふじん》だ、とナミは喚《わめ》いた。

手出しもできないままに戦いを見守るしかないキオが、焦燥を露《あらわ》にしてロッシュに取りすがる。

「ナミが危ない——先輩、止められませんか!?」

懸命に訴えるが、ロッシュも悲痛な顔で首を振る。

「無理だ。ユンは剣を交えている間、よほどのことでなければ耳を貸さない。あれだけ集中していては、僕の声も聞こえないだろう」

「そんな……あいつは、見境《みさかい》なく破壊活動をやるような娘じゃないんです。これも、きっとなにかの誤解で……」

キオは唇を噛《か》む。血の味が口中に広がった。

束の間、脳裏《のうり》に懐《なつか》しい記憶がよぎる。ビスティシアで暮らしていた幼い日々。どのような理由だったか、元首の館で、何ヶ月か一緒に暮らした、泣き虫の女の子。

木洩《こも》れ日が注《そそ》ぐ庭園で、小鳥と一緒に遊んでいた。その娘自身が小鳥のように、可愛く無邪気《むじゃき》な娘だった。

その少女が危機のただ中にあるのに、何も手を下せない。そんな焦燥に、身を焼かれる思いでいる。

そんなキオの姿が、必死に戦うナミの瞳に映る。

汗に霞《かす》むキオの顔を、ナミはナミで、悲痛な思いで噛み締める。

声をかける余裕など、とっくになくなっている。いまナミは、ユンの攻撃を、本当に命がけでかわしていた。

「あたしは、あたしたちは銀河の平和のために、戦っているはずなのに——あたしの術じゃ、この人たちから逃れることができない。でも、このままじゃ！」

自分はともかく、フィアールカの護衛が果たせない。星忍としての任務放棄《ほうき》だ。それはある意味、ナミにとっては敗北よりも、さらに屈辱的《くつじょくてき》なことだった。

「これで十星忍だなんて、自分が情けない。それにこのままじゃ、キオ様の名にも傷がつく！」

焦《あせ》れば焦るほど、どうしたらいいかもわからない。焦りまくるナミの耳を、学生たちが交わしている会話が震わせた。

疲れてきたようだ。捕まえられる。潜在《せんざい》心理学部に送って、洗いざらい吐《は》かせてやろう。なにが目的か、探り出してやらなきゃならない。そんな会話を聞き取って、ナミはますますうろたえた。

「キオ様に迷惑がかかるわ。かといって、キオ様のご学友を傷つけることなんてできないし。あたしの術じゃみんなを殺してしまうし。ああ一体どうすればいいのよぉ！」

他国の工作員と違って、ビスティシアの星忍は、常に国の命運を左右する局面のみに投入される。情報を探り、新兵器を盗み出し、強国が多額の費用と年月を費やして建設した、星系をそっくりカバーする防衛網を破壊する。あるいは要人を暗殺し、またはその逆に、死すべき運命にある人物を護衛して、死神の手から取り戻す。銀河を鮮やかに彩る歴史の陰には、常に星忍たちの姿があった。

ナミもまた、そうした星忍の一人だ。どれほどうろたえていても、自分が置かれた状況は、常に自覚している。そうでなければ、過酷《かこく》な任務のなかで、生き残ってはこられない――そのはずだ。

しかし、ならばどうすればいいのか。

「ど、どうしよう。わからない。人を傷つけないで切り抜ける方法を……あたしって、知らないんだ」

その事実を、初めて知った。敵を倒すのに、ためらう必要はない。それが兵士なら、殺さなければこちらが殺される。正規の戦闘でなく、歴史に記されることのない闇の戦いである以上、相手を殺すことが正義だ。当然だ。

ナミが得意とする術は、だから必殺の術だった。一度使えば、相手を必ず殺す。そんな術を心得ているからこそ、ナミは生き残ってこられたのだ。

しかし、この場でその術を使うわけにはいかない。使えば、学生たちを殺してしまう。それでも逃げおおせさえすれば、彼女がビスティシアの星忍であると知られることはなく、キオに累《るい》が及ぶことはないかも知れないが——いまのナミは、なぜかその選択肢を取ることはできなかった。

「キオ様のご学友を傷つけることはできない。それに、それじゃこの星に逃げ込んだ意味がないじゃない。キオ様と逢わなくちゃ……フィアールカを、無事に送り届けなきゃ」

なんで、あたしは肝心なときに、ビスティシアにいなかったんだろう。そんな思いが、胸をかすめる。あたしがビスティシアにいれば、フォイアフォーゲル軍の侵攻にも、もっと効果的に対処できたはずだ。あたしの術は、相手の規模を選ばない。むしろ相手の規模が大きければ大きいほど効果がある——ナミ一人の考えではなく、十星忍の全員が、そうと認めている。けして、彼女の自惚《うぬぼ》れではないはずだ。

だからこそ、いまの状況はもどかしい。宇宙戦艦でも相手取れる自分が、たかが一〇数人の学生を相手に、追い詰《つ》められている状況は、どう考えても間違っている。

そうは思うが、だからといってその主張を押し通せる娘でもない。

「お師匠様《ししょう》、あたしはどうすればいいんです!?」

思わず、ナミは問いかけた。星忍は、弱い人たちを守る力——大国の横暴《おうぼう》に屈せず、正義を押し通すことのできる力。ナミを育ててくれた師匠は、事あるごとにそう言って、苦しい訓練に泣くナミを励ましてくれたものだった。

その師匠は、いまはもういない。日頃の言葉どおり、弱者を守るために戦い、散った老年の大星忍。最後の任務に旅立つ朝、ナミに向けてくれた温かい笑みを、ナミは忘れたことはない。

そう刷り込まれているナミだから、破壊力の大きな術を、学生に対して使うことはできずにいた。

しかし、そうした信念が揺らぐ瞬間が来た。

「ひゅっ！」

鋭い気合いとともに、ユンの粒子剣が跳ね上がる。ナミは、軽くバックステップしてかわす。その動きを見透かしたように、閃光が翻《ひるがえ》って薙《な》いでくる。それもかわすが、同時に踏み込んだユンの肘《ひじ》が、雷電《らいでん》の勢いで突き込まれる。

力場甲冑に包まれた体から繰り出される打撃もまた、下手をすれば斬撃より威力が大きいかもしれない。肘の一撃をかわした瞬間、ビスティシアの技術を傾注《けいちゅう》した戦闘スーツを透した打撃が感じられる。

ナミはユンが剣を使わずとも、人を倒せる力をもつと思い知った。

「このままじゃ、負ける——キオ様にも迷惑がかかるし、フィアールカも……」

地下室で待っているだろう清楚《せいそ》な少女の姿が、ナミの脳裏に浮いた。

あたしが戻らなければ、彼女はどんなに心配するだろう。神に仕える巫女《みこ》らしく、いつもナミの身だけを心配していた、優しい少女。そのフィアールカを守る任務を、結果として放棄しなければならなくなる。

仕方ない、とナミは覚悟《かくご》を決めた。最後に、キオ様とだけは話させてもらおう。キオ様なら、きっと後はなんとかしてくれる。

そして、あたしは自害する。判断を間違えて、任務に失敗した星忍が取る道はたった一つだ。キオにフィアールカの保護を頼んだあと、自らの命を断つ。そう決意したナミが、抵抗を止めようと考えたときだった。

その瞳に、信じられないものが映った。火器を連ね、ナミに銃口を向けている狙撃隊《そげきたい》の背後に、いまにも泣き出しそうな、少女の顔が見えたのだ。

流れる水のような髪。信じられないほど白い肌。零《こぼ》れ落ちそうな大きな瞳に浮かぶ、うろたえた表情。

地下の倉庫に隠れているはずのフィアールカが、なにをどう間違えたものか、学生たちが包囲する戦場に、出てきてしまったのだ。

「フィアールカ！　あの娘、どうして……」

一瞬叫び出しそうになったナミは、唇を引き結んで、歯を食いしばる。

ナミのように暴れてはいなくても、フィアールカは不法侵入者だ。いまは誰も気づいていないが、いずれ発覚し、捕らえられてしまうに違いない。そんなことになってしまっては、ナミの任務は完全に失敗だ。

こうなれば、仕方ない。任務は己の命より重要な、何に代えても成し遂《と》げるべきもの――星忍の誰もが心に叩き込んでいる鉄則が、ナミの決意を変えた。

学生の何人かを巻き込んでもやむを得ない。術を使って、フィアールカをさらい、この場を逃れることだ。

その後キオに接触し、告げるべきことを告げてから、潔《いさぎよ》く命を断とう。

「キオ様、最後にお顔を見ることができて、嬉《うれ》しかったです」

すでに死を覚悟した顔で、ナミは密かに構えを取った。

「あ、やば」

二人の戦いを見つめていたアキが、小さな声を洩らした。

「ど、どうした、アキ⁉」

すでに蒼白《そうはく》になっているキオには答えず、アキが真剣な顔で問いかける。

「キオ——あの娘、大事なの？　命を助けたい？」

「当たり前だよ！　せっかく逢えたのに、死なせてたまるか。大事な友だちなんだ。でも、どうすれば……」

「そうか、わかった」

皆まで言わせず、アキが言う。そしてロッシュに顔を向け、短く鋭く言い切った。

「ロッシュ先輩、あの娘は、私が捕まえます。誰にも怪我《けが》はさせませんから、黙って見ていてください」

それだけ言って、アキは一気に加速した。

「なに？　おい、待ちたまえ！」

虚《きよ》を衝《つ》かれたロッシュが呼ぶ。が、アキはその声を置き去りにして速度を上げる。

周囲を固めていた狙撃班も、眼に止めることができたかどうか。さらに粒子剣を連ね、ナミの行く手を阻《はば》んでいた学生たちを、疾風《しっぷう》の速度ですり抜ける。

「……え？」

あまりの速さに、眼に止めることすらできていない。ただ、影のような何者かが凄《すさ》まじい勢いで傍《かたわ》らを抜けていった。辛うじてそんな感覚を覚えた幾人かが眼をしばたたきながら顔を見合わせるのみ。それはナミを追い込んでいたユンが、振りぬいた剣の軌跡《きせき》に自らの体を巻き込んで、決め技となる斬撃をまさに打ち出そうとする瞬間だった。

「く……！」

そして唇を噛んだナミが、術を発動せんとした刹那《せつな》。

魔法のように、ナミの眼の前に一人の少女が現れた。ユンが奥歯を噛み締め、急遽《きゅうきょ》剣を止めて跳び下がる。

「あ、貴女《あなた》は！」

ただでさえ大きな眼を、さらに大きく見開いたナミが絶句する。

その顔に、少女の髪が、さらりと触れた。凜々《りり》しい顔立ちに煌《きらめ》く瞳は、高精度なレンズの連なりで、首から下はしっとりとした特殊セラミック。キオと一緒にいた、機械の少女と見て取って、ナミはしばし我を忘れた。

右手に握ったままの、ビスティシア星忍の白兵戦用装備――高密度振動して万物を切り裂く分子振動刀に右手を当てて、セラミック製の少女――アキが早口で言った。

「助けてあげる。だから、私のやることに逆らわないで。私の名はアキ。キオの友人よ」

「ア、アキさん、ですかっ!?」

問い返したときには、アキはくるりと体を反転させていた。

ナミの左手に自分の右腕を摑《つか》ませ、捻《ひね》り上げる形に仕立て上げる。ついでにナミの右手をも左手で握り、ナミが眼を白黒させている間に、勝手に位置を変えていた。

ぼう……と青白い光を放つ振動刀を、自分の喉《のど》に。

「え？　ええっ!?」

アキの意図がわからず、ナミはうろたえまくった声をあげた。

右手首はアキの指に押さえられ、まったく動かせない。凄まじい怪力だ。いや、もちろんアキが見せた高機動力からすれば、十星忍の一人とはいえ本質的にはただの人間のナミを圧倒する力を振るっても、なんの不思議もないのだが。

問題は、ナミの手首を押さえているのはアキの人差し指と中指だけにすぎず、傍《はた》から見ればナミが卑怯《ひきょう》にも、アキを人質に取って喉に刃を当てている。そんな構図になるということだ。

「こ、こんなっ……あたし、困る！　困ります！」

さらにうろたえるナミに、アキが一瞬、ちらと笑った。

そして一転、凄まじい悲鳴を張りあげた。

「助けてえっ！　殺されるーっ！」

生身の娘ならいざ知らず、アキの実態は、人間の皮を被《かぶ》った電子機器の塊《かたまり》である。大

音響のスピーカーを思い切りハウリングさせたような、それはもうその場にいる全員が我を忘れたほどの、常軌《じょうき》を逸《いっ》した絶叫だった。

不意を突かれたナミが、一瞬動きを止めた。

その瞬間、アキの肩関節が音を立てて外れた。人間ではありえない角度に曲がった腕がナミの手首を捻り、体を入れ替えつつ捩《ね》じ上げた。

「え？」

ナミが我に返ったときには、彼女の体は万力《まんりき》のような豪力に押さえつけられ、ぴくとも動かせなくなっていた。

さらに、アキの左手が、電光となってナミのうなじを打った。

鍛《きた》え抜いた星忍にも、耐えられる打撃ではなかった。眼の前が暗くなり、その場に昏《こん》倒《とう》してしまったナミの名を、フィアールカが必死に呼んだ。

「ナミさん……ナミさん！」

触れれば壊れてしまいそうな、ごくたおやかな少女である。いまにも涙が溢《あふ》れそうな、妖精を思わせる顔を見た学生たちは、とても手を出せずに道を開けた。

屈強《くっきょう》な学生たちが壁となった通路を、細い体を泳がせるようにして通り抜けたフィアールカは、締め上げられたナミに取りすがり、咎《とが》めるような眼をアキに向けた。

苦笑したアキが、手を離す。頽《くず》れたナミを、フィアールカが抱きとめようとした。しかし受け止められずに、折り重なるようにして倒れてしまう。

「ナミ……！」

二人の少女に駆け寄ろうとしたキオの肩が、力強い手に掴まれた。

全身を、嫌な予感が貫いた。恐る恐る振り向いたキオに、何故《なぜ》だか顔を真剣に赫《あか》らめて、ロッシュが問いかけた。

「不審者の件は解決したようだが、カロン君――事情を説明してもらえるかな？」

ロッシュの顔にはしかし憤りの色はない。

その理由がわからずに、キオは曖昧《あいまい》な笑みを浮かべたまま、ぎくしゃくと頷くことしかできなかった。


その頃、学園惑星からおよそ七光年の宇宙空間を遊弋《ゆうよく》する、一群の艦隊《かんたい》がいた。

一隻《せき》の高速戦艦《せんかん》を中心に、駆逐艦《くちくかん》や巡宙艦《じゅんちゅうかん》――火力より機動性を重視した軽艦隊だ。

すべての艦《ふね》が、同一の塗装で彩《いろど》られていた。星間宇宙に溶け込む漆黒《しっこく》の塗装に、ちりばめられた凍《い》てつく星の海。彼女たち――宇宙艦も惑星上の海を走る船と同様に、女性名詞で呼ばれる。ゆえに、戦闘艦といえども、女性なのだ――彼女たちが背景としている星の海を、そのまま切り取って貼り付けたような、それは明らかに隠密《おんみつ》行動を見込んだ塗装であった。

見ているだけで吸い込まれそうな、深淵《しんえん》の暗黒のなかにたった一つ、ごく小さく表示された燃え盛る猛禽《もうきん》の意匠《いしょう》が、彼女たちの国籍を示している。

群雄割拠《ぐんゆうかっきょ》の銀河宇宙で、もっとも覇権《はけん》に近いと評される巨大な統一国家――フォイアフォーゲル帝国宇宙艦隊の紋章《もんしょう》だ。

その紋章は、しかし他の艦隊が付けているものより、炎が派手やかに描かれている。それを纏《まと》った鳥、伝説の不死鳥も、やや姿が変わっていた。フォイアフォーゲル帝国の艦隊は、それぞれ独自の紋章を、皇帝から与えられている。この艦隊は、宇宙軍のなかでも特異な任務をもつ特戦部隊所属の第三特命機動艦隊――別命を《火龍《サラマンディル》》艦隊と呼ばれる、ある意味ではもっとも恐れられる艦隊だった。

彼女たちは艦の大小に拘《かか》わらず、強力な不可視化装置を積んでいる。ありとあらゆる電磁波《でんじは》を吸収し、空間歪曲《ワープ》航法の際に発生する重力震すら抑え込み、所在を隠す隠蔽《いんぺい》システムだ。

総数三〇隻ほどの艦隊の中心で、旗艦《きかん》たる高速戦艦《ファフニール》の艦橋《かんきょう》に、優美な姿形の青年が佇《たたず》んでいた。

蜂蜜色《はちみついろ》の髪がゆるやかに波打ち、右の眼を艶《つや》やかに隠す。照明に晒されている左の眼は、鮮やかな緑柱石を思わせる緑色。燃えるような緋色《ひいろ》をあしらった襟飾《えりかざ》りに、特戦隊の証《あかし》の、黒竜の頭部を象《かたど》った徽章《きしょう》が光る。

銀河に暗躍するフォイアフォーゲル帝国が擁《よう》する、特戦部隊きっての腕利《き》き、仇名《あだな》を《火龍》エトガー——エトガー・カーライルの、ここはいわば城だった。

艦橋から、無限に広がる星の海を眺《なが》めるエトガーのもとに、麾下《きか》の艦から通信が入った。空間に残るごくわずかな乱れを追跡するのが任務の、探査艦からの報告だ。

『司令、歪曲軌跡解析《かいせき》できました。誤差は七パーセント以内で、アムラフ星間大学星——ラムティア一の名門大学に向かっています』

「アムラフか……ビスティシア元首の嫡男《ちゃくなん》が、留学していたな。そこに逃《のが》れたか」

独り言のように言ったエトガーに、ゆたかな銀髪を揺らした美貌《びぼう》の女性将校が問うた。

「どうなさいます？　エトガー様。アムラフ星間大学は教育機関とはいえ、最新装備は平均的な要塞《ようさい》を凌《しの》ぐとか。厄介《やっかい》な場所です。本国の外務団に引き継ぎますか？」

「必要あるまい？　大学といえども、我らにとっては敵国だ。星忍とジェルトヴィアの新兵器を匿《かくま》ったかどで引き渡しを要求し、拒めば武力行使するのみだ。内懐《うちぶところ》に入ってしまえば、最新装備もなにもない」

「では、《影跳《かげと》びドライブ》で。了解しました」

「それから、手近な正規軍艦隊を召集しろ。外部から圧力をかけてもらおう」

主将の指示に従い、検索を命じた美貌の副官が、ややあって報告した。

「ゴルノフ提督《ていとく》の第一二打撃艦隊が応じました。三日後に到着します」

言葉を切って、微妙に言葉を揺らしつつ付け加える。

「それと、ライン少将はご到着が遅れるようです。ジェルトヴィアの新兵器が存在することを、確認してから出発されるとのことで——今回は参加なさらないでしょう」

「それは朗報《ろうほう》だな、エーディット」

エトガーは、顔をほころばせた。

「皇帝陛下《へいか》の腰巾着《こしぎんちゃく》、嗜虐趣味《しぎゃくしゅみ》の変態科学者との同席は、御免被《ごめんこうむ》りたいと思っていた。よし。我々は存分に戦えそうだな」

笑みを浮かべて、エトガーは艦橋の正面に据《す》えられた、大ディスプレイに向き直る。

「その前に、布石《ふせき》を打っておくとしよう。全艦発進」

青年司令の命を受け、まもなく三〇隻の艦隊は、一斉に機関を始動させた。

まず前衛の駆逐艦が。次《つ》いで巡宙艦が、空間を捻じ曲げ、超空間に突入する。

最後に旗艦《ファフニール》が超空間に没入した。

一瞬宇宙が揺らぎ、その揺らぎが収まったときには無数の星々が何事もなかったかのような、凍てついた光を放っているばかりであった。

第四章　天魔《てんま》の春

起き抜けの眼に、陽が眩《まぶ》しく射《さ》してきた。

「ん……」

久々に感じるベッドの感触は、柔らかく、温かい。とうに忘れたはずの少女時代に戻ったような気がして、ナミ・ナナセはふやけた声をあげながら寝返りを打つ。

遠い昔に味わっていた幸せが、戻ってきたようだ。そうでなくて、なんでこんなに温かなベッドで眼が覚めるのか。理屈《りくつ》に合わないようでいて、夢と現《うつつ》実の区別がつかない身には、どんなことでも理に適《かな》っているものだ。

しかし、幸せな時間は長くは続かなかった。

ずきりと右肩が痛みを発した。その痛みが引き鉄《がね》の役目を果たしたかのように、ごく最近の鮮明な現実の記憶が、怒濤《どとう》のように寄せてきた。

「……！　キオ様！　フィアールカ!?」

一瞬にして正気に戻ったナミが、毛布を跳《は》ね飛ばさんばかりの勢いで跳ね起きる。

と、一人の少女が、彼女に向かって歩み寄ってきた。

あの少女の足音だ。聞き間違えるはずがない。つい数時間前には、見たこともないその少女に、大きな貸しを作ってしまったのだから。

「おはよう、ナミさん。気分はどう？」

ベッドの端に腰を下ろし、アキが訊《き》いた。

おまえが言うか、と、ナミは険悪な視線を向けた。

彼女の腕を捩《ね》じ上げ、さらに首筋を強打して失神させたのは、このセラミック女じゃないか。それも、騙《だま》し討《う》ちそのものの方法で。

それを棚に上げて、さも親しげに訊いてくるとは、人の道に反している。反感を籠《こ》めたナミの眼の底に、肩まで伸ばしたセミ・ショートの髪が、やけに鮮やかに突き刺さる。思い知らせてやる、この女。そんな思いが、心の中で膨張《ぼうちょう》した。身の危険を欠片《かけら》も感じていなさそうな、あけすけな笑顔に腹が立つ。

あっさり制圧されたことから甘く見ているのだろうが、星忍《せいにん》の本質は、問答無用のテロリスト。殺人も破壊も厭《いと》わずに、冷酷《れいこく》に任務を遂行《すいこう》する、プロ中のプロだ。ぶっ壊してやる。修理も効《き》かないほどばらばらにして、光電子脳も溶《と》かしてやる。あたしには、それができるんだ。大体、なんでキオ様に、あんたなんかがくっついてた。

凶暴な欲求など、滅多《めった》に抱くことのないナミの頭を、灼熱《しゃくねつ》するような衝動《しょうどう》が染める。

そっと腕に意識を通し、支障がないかと確かめる。アキの怪力に決められて、なにやら嫌な音もした。損傷がないかどうかを仔細《しさい》に探るが、どうやら無事に動くようだ。

「よぉし……落とし前つけてやる」

戦闘的な気分になったナミが、得意の忍法を起動しようと、意識を集中し始める。

と、アキがにやりと笑い、肩をそびやかしてみせた。こういうときに、また相手の神経を逆撫《さかな》でしてくるのだ、この女は。

さらなる憤《いきどお》りを感じたナミに、機先を制するようにして、アキが言ってきた。

「何かしようとしているね？　でも、止めた方がいいよ。キオに迷惑かかるっしょ？」

またかちんときた。だがしかし、そのときナミの肩に、温かな腕が抱きついた。

「ナミさん！　大丈夫ですか痛くないですか!?　ごめんなさい、私心配で、じっと待ってられなくて。そのせいでナミさん、捕まってしまって……」

「フィアールカ、貴女《あなた》こそ、大丈夫なの!?　なにもされてない!?」

息せき切って、ナミが呼びかける。

そして、気づいた。フィアールカには、傷一つない。巫女風《みこふう》の衣装ではなく、淡い青色のワンピースと、可愛いチェックのスカートを纏《まと》っていた。

眼をしばたたくナミに向かって、フィアールカは恥ずかしそうに言ってきた。

「アキさんが、見立ててくださったんです。ナミさんが気がついたとき、私が汚れた格好だと、心配するからって……」

「本当ですか？　何か探り出そうとか、しているんじゃないですか？」

疑わしそうな眼を向けるナミに、アキは鼻に皺《しわ》を寄せて言う。

「してないわよ、そんなこと。貴女やフィアールカちゃんがどんな立場だろうと、私には関係ないの。だから訊きもしない。おわかり？」

そして勢いよく、顔を近づける。

「それから、人聞きの悪いこと、言わないでよね。私は貴女を助けてあげたんだから」

「助けたって……なんですか。現に私は！」

思わず、不満が口をついて出た。騙し討ち同然に捻《ね》じ伏せられたのに、助けたなどと言われて承服《しょうふく》できるほど、よい育ちはしていない。

しかし、アキはナミに負けず劣らずの、断固とした口調で言ってきた。

「そうよ。貴女あのとき、何かするつもりだったでしょう。そんなことしてたらどうなったか。大学側は本気になるし、キオの立場が退《の》っ引《ぴ》きならなくなっちゃうでしょうが」

「あ……」

キオの名が出た途端、ナミの顔から憤りが消えた。見ていて気の毒になるほどの変貌《へんぼう》ぶりで、どちらかといえば小柄な体が、さらに小さくなったようにさえ見える。

「キオ様は……どうなさってるんですか？　あたしのことを、何か……」

一気に意気消沈《しょうちん》してしまっていた。見る影もなく力をなくした眼が、アキを心細げに見上げてくる。その変貌ぶりに驚いたアキだったが、この娘も相手が凹《へこ》んだからといって、いきなり優しくなれるほど人がよくはない。

ただ、事実は事実として聞かせてやる。その程度の優しさはもっていた。

「心配してたよ、本当に。もっとも……」

ドアのほうに顎《あご》をしゃくって、意味ありげな口調で言葉を継いだ。

「いまは出かけてるけどね。あんたたちを引き取る交渉《こうしょう》と、潜入《せんにゅう》していたことの釈明《しゃくめい》と。それから私たちがあそこに行った、本来の用件を片づけるためにね」

「あたしたちの釈明なんて……キオ様に、迷惑をかけてしまったんでしょうか」

ナミの言葉が震えた。不安げに訊いてくるが、アキはすげなく言うだけだ。

「さてね。私は、キオの友人ではあるけれど、求められもしないのに心のなかまでは踏み込まないことにしているの。だから、あんたたちの行動をキオがどう思っているか、そこまでは知らないし、類推《るいすい》も口にできないわ」

素っ気なく言われて、ナミは視線を落とし、沈黙する。

これではキオに迷惑をかけたのだ、と言われているようなものだ。

「キオ様に、負担をかけてしまったんだ。この大学の学生なのだから、毛筋《けすじ》ほどのご迷惑もかけちゃいけなかった。あたしは、とんでもないことをしてしまった……」

力なくうつむいて唇を震わせる、萎《しお》れきったナミを見下ろして、素っ気なさすぎたかなと、アキは少しばかり反省した。

——この娘を叱《しか》るのは、キオの役目よね。私が先走ることはないか。

思い直して、力づけてやることにした。そうは言っても、あからさまに優しくしてやるということは、どうもできかねるし、ただ慰《なぐさ》めてやる気もない。

どうしたものかと考えたあげく、アキはナミのベッドに腰を下ろした。

びく、と肩を震わせたナミの肩に手を置いて、囁《ささや》きかけるようにして言った。

「……そう落ち込んだものでもないわよ。キオは怒ってやしないと思う」

「そんなこと、ないです。あたし、取り返しのつかないことをしてしまいました。こんな役に立たない家臣なんて、キオ様のご迷惑になるばかりです」

アキを相手の立ち回りも辞さないという勢いは、すっかり影を潜《ひそ》めてしまっている。

一旦落ち込み始めると、歯止めが利かない性格と見た。思わず吐息《といき》を洩《も》らし、アキは密《ひそ》かに考える。

『大丈夫かな、この娘。星忍ってこんなんでも務まるのかしら』

一通りでない危惧《きぐ》を覚えたが、逆に考えれば十星忍に数えられるのだから、性格を補ってあまりあるほどの何かがあるのだろうと、何とか自分を納得させた。

——放っておくとこの娘、腹でも切りかねないものな。そんなことになったら、私の方が、キオと顔を合わせ辛《づら》くなる。彼女を前向きにしてやれば、状況も変わるだろ。

ほとんど根拠《こんきょ》のない期待を抱きつつ、アキは口調を和《やわ》らげる。

「あんた、キオの役に立てるわよ。星忍っていうのは、あれでしょう？　敵国に乗り込んで、要人を説得したり黙らせたり——機密を奪ってくることで、不利な戦局も逆転させる。そんな仕事もあるんでしょ？」

「ええ、そういうのが、本来の任務ですけれど……でも、役に立たないこともあります。本当に大きな力に対しては、あたしたちだって……」

アキの言葉が急所を突いてしまったのか、ナミの落ち込みに拍車《はくしゃ》がかかったようだ。

このとき、ナミはビスティシア本星での戦いを思い浮かべていた。

彼女自身は、フィアールカの護衛についていたため参加はしていないが、戦況《せんきょう》のあらましは聞いていた。十星忍のうち八人が揃《そろ》っていながら、フォイアフォーゲル軍の侵攻を阻止《そし》できず、仲間の一人を失って、逃げることしかできなかったということも。

もちろん、そんな事情は、アキは知る由《よし》もない。落ち込むナミを案じてはいるが、そこが機械の便利なところだ。内心の動揺《どうよう》など、口調には欠片《かけら》も現れない。

「実はね、キオはいま、難題に直面しているのよ。あんたたちを捕らえようとした、イシス寮《りょう》の寮長ロッシュ——星間大学始まって以来の俊英《しゅんえい》に、下級生の身でシミュレーション戦を挑まなければならなくなって、これに負けると大変な結果が待ってるの」

「ええ？　それじゃあ」

ナミが反応した。アキの言わんとすることがわかったのか、声を上擦《うわず》らせて言う。

「キオ様が負けると、どうなるんです？　首を刎《は》ねられるとかリンチに遭《あ》うとか」

何やら物騒《ぶっそう》な思い込みがあるようだが、アキはあえて否定しない。

深刻な顔で頷《うなず》いて、さらに一層、深刻そうな声を出してみせた。

「うん……あんたもビスティシアの人なら知ってるでしょう？　ラムティア商業同盟は、フォイアフォーゲルやメガ・クリューテスの双方に距離を置いて、独自の勢力を保っているから、なにしろ気を遣《つか》ってるのよ。ビスティシアの場合は、なにしろクリュスさんはとかく噂《うわさ》のある人だから——ごめん、侮辱《ぶじょく》する気はないんだけど」

「いえ……御館《おやかた》様の評判は知っていますから」

意気消沈した顔で、ナミはぽつりと言う。

「キオ様が、御館様を嫌っていることは知っています。キオ様のお母様が亡くなられる前から、御館様は大勢の愛人を抱えていらっしゃいました。キオ様は潔癖《けっぺき》ですから、我《が》慢《まん》できなかったんだと思います。それに、御館様が寝返りを繰り返して、国を保ってこられたことも……」

唇を噛《か》み締《し》めるように言ったナミが、必死な顔を向けてきた。

「でも、本当に嫌っておられるはずがないんです。御館様は、キオ様にはお優しい方でした。でも、キオ様は意地になっているようで、故郷を出てしまわれました。キオ様の誤解を、解《と》いてさしあげたいんです。御館様は、そんな方じゃないんです」

すがるように言う言葉に、アキはふと不審《ふしん》に思った。

クリュスについての言い方が、過去形になっている。訝《いぶか》しく思ったアキだったが、いまは追及すべきではないと思った。それはキオの役目であるべきだ。

だから、あえて知らない振りをした。

「……私らの指導教授が愚痴《ぐち》っていたんだよ。正直なところ、ビスティシアと絶縁してフォイアフォーゲルとの関係修復に動く計画があるらしいのよ」

「そうですか……」

なお、ナミは沈んだままだ。しかし、声音《こわね》の底に感情の揺らぎが窺《うかが》える。アキの光電子脳は、口調のなかに潜む微妙な歪《ゆが》みを、敏感に感じ取っていた。

なにかありそうだ。アキはそう確信しつつ、紡《つむ》ぐ言葉に力を籠めた。

「けれど、キオがロッシュ先輩を破れば、その計画を阻止《そし》できるかもしれないのよ。同盟としても有能な人材は欲しいし、ましてビスティシアには、あんたたちのような星忍がいる。だから、ビスティシアが寝返る可能性さえなければ、手元に引きつけておきたい……学長はそう考えるわ。同盟を説得するために、キオは勝たなきゃならないの」

一度言葉を切って、アキはナミの反応を見る。

そして、ほうっと息をついた。ナミの表情が変わっている。瞳がさらに暗く沈み、毛布に置いた手が、ぎゅっと握り締められた。

「もう……ビスティシアが裏切ることはありません……」

「え？」

よく聞き取れず、問い返したアキに、ナミは泣き出しそうな顔を向けてきた。

「滅びてしまったんです。フォイアフォーゲルの奇襲《きしゅう》を受けて、御館様も……あたしは、何もできなくて……それを、キオ様にお知らせしたくて……」

途切れ途切れに言ううちに、熱いものがこみ上げて、何も言えなくなってしまった。

それでも、すがりついて泣かないのは、星忍としての矜持《きょうじ》なのだろう。一人だけで毛布を握り締め、歯を食いしばって堪《こら》えるナミの両の眼から、次々に涙が盛り上がる。

「そうだったの……」

アキは静かにナミの髪を撫《な》でる。懸命に嗚咽《おえつ》を堪えるナミの、肌の温もりを感じながら、教え諭《さと》すような口調で言った。

「それは、確かに——貴女の口から、言わなくてはいけないわね」

「でも……でも、あたしには言えません。キオ様を、悲しませるようなこと」

追い詰められた口調で言ったナミが、アキに涙で濡《ぬ》れた眼を向けた。

「あたしに、何かできるんですか？　キオ様が勝つために……何をすればいいんです？」

思いがけない必死さが、口調に滲《にじ》み始めていた。彼女が抱く苦しみを知ってしまったアキには、それを逸《そ》らすことはもうできない。それどころか、同じ痛みをもつ同志のような思いすら抱いていた。

「いま、キオは私たちの指導教授と一緒に、ベルグソン教授と交渉してるんだけどね。本来、私は参加できないの。キオと違って、私は機械――機材扱いになっちゃうんだ」

「アキさんも……」

なぜだかナミではなく、会話に聞き耳を立てていたフィアールカが、沈んだ口調で呟《つぶや》いた。その真に迫った口調に、アキは一瞬、ぞっとして身を引いた。

「そう。でも、場合が場合だからね。キオ一人でロッシュ先輩を相手取るのは不可能だから、談判に行ってるの。それを覆《くつがえ》すために、ナミさん、一つ考えたことがあるんだ」

今度は意識して、ナミを元気づける口調で言った。その意図を察したのか、ナミは健《け》気《なげ》に涙を拭《ぬぐ》い、困惑した瞳を向けてきた。

「……でも、アキさん。本当に戦争するならともかく、先ほどから伺《うかが》っていると、シミュレーションなんですよね……あたしがお役に立つとは思えないんですけど……」

一度は燃え上がった情熱が、再び萎《しぼ》んでしまったようだ。

が、アキはナミの顔を覗《のぞ》き込み、

「この演習のルールはね……実際に存在しているもので、演習の指揮官が使える状態にあるものなら、何を使ってもいいの。テレちゃんは無茶な超兵器を使いたい様子だったけど、そういうわけにもいかなくて。でも、あんたなら……」

そのまま唇を耳に寄せ、何やらごにょごにょと囁いた。

ナミの眼が、驚きを孕《はら》んで見開かれる。

アキはその眼を見つめたまま、もう一度しっかりと頷いた。


その頃、キオはテレーズに連れられて、星間戦略学部の教授室に赴《おもむ》いていた。

地域、海域ごとに分かれた各学部の教授、助教授や優秀な学生、院生が構える研究室を集合させた研究室棟——ラムティア商業同盟の英知を結集した、アムラフ星間大学の、中枢《ちゅうすう》のひとつである。

応接セットが据《す》えられた一角で、キオは肩を縮めて座っていた。

その隣《となり》で、テレーズは遠慮なく、深々と腰を下ろしている。そのために足が宙に浮いてしまい、傍目《はため》から見ると奔放《ほんぽう》な中学生の妹と、その気弱な兄といった格好ではある。

二人の向かいに、痩身《そうしん》の紳士が座していた。丁寧《ていねい》に整えた白髪《しらが》に、鷲鼻《わしばな》を引き立てるみごとな口髭《くちひげ》。仕立ての良いスーツに身を包み、気難しそうな眉間《みけん》の縦皺が謹厳《きんげん》たる雰囲気を醸《かも》し出して、会う者を萎縮《いしゅく》させる。

星間戦略学部の大立者、ピエール・ベルグソン教授、八四歳——フォイアフォーゲル帝国までもその名を轟《とどろ》かせる、ラムティア商業同盟が誇る頭脳の一人だ。

教授の傍《かたわ》らには、ロッシュ・ユルフェが座っている。ここは、ベルグソン教授の専用研究室だった。

「要するに、君たちは明日の発表演習に、機械人間の参加を認めろというのだね？」

ベルグソンが言った。白い眉《まゆ》が間隔を狭《せば》め、眉間の皺が深くなる。その大天使のごとき風貌《ふうぼう》と、斯界《しかい》の権威としての実績があいまって、学生を萎縮させるには充分だ。

事実、キオは息苦しいほどの緊張感に縛《しば》られていた。なんとか口を開くことはできたが、言葉がなかなか出てこない。苦労しているうちに、こちらはまたみごとなほどリラックスしているテレーズが、にっこり笑って言った。

「そのとおりです、ベルグソン教授。ご存じのように、私の研究室では病人続出で、実戦力はこのキオ一人しかいなくなってしまいましたの。確かに本学の設備は高度ですから、一人で全軍を操るのも不可能ではありませんが、やはり無理が出るでしょう？」

この笑みに騙されたどれほどの人材が、道を誤ったことか。ますます表情を険しくするベルグソンを後目に、テレーズはロッシュに笑顔を向けた。

「ロッシュ君、君だって手足を縛られた相手と戦うのは不本意でしょう？　貴方《あなた》も最後の年ですもの。五年をスキップして卒業するって話、私の耳にも届いていてよ」

「早耳ですね。噂に違《たが》わず」

参ったな、とロッシュは苦笑した。

長い足を揃《そろ》えて座り直し、笑みを向けるテレーズに、慎重な口調で告げてくる。

「カロン君の才能は、入学委員会が驚くほどのものと聞いています。あのカロン家の血筋となれば、有能なことは間違いないでしょうし……ハンデ戦では、僕もつまらない」

「でしょう？　だったら……」

意気込んだテレーズの機先を制するように、続けて言葉が紡がれる。

「けれど、学内規定はどうします？　演習においては、コンピューターその他の機器は運用制御のみに使用し、作戦立案に用いてはならない……アキさんが参加を認められるには、この規定をクリアしなければなりませんが」

「うん。私個人は、機械知性にも参加を認めるべきだと思うけど、規定は規定よね」

頷いたテレーズが、にこやかに提案した。

「だからさ、アキにはキオのサポートとして、運用制御のみをやってもらうの。つまり、彼女は人工知性ではなく、高性能のコンピューターとしてのみ、働いてもらうわけ」

「……つまり、機材としてのみ、働かせるというわけですか」

顎に手を当て、思案に沈みながらロッシュが言う。

その言葉に、キオは両手を握り締めた。

ロッシュの言葉は、アキを貶《おとし》めるものだ。本人にはそんな気はないだろうし、機械知性を人間同士の演習に関与させてはいけないというのは、筋が通っているともいえる。

しかし、キオは納得できない。アキを友人として認めた以上、自分と無関係とは考えない。自分の問題として考えてしまう、そんな性癖《せいへき》をもつ少年だ。

また、その問題は別にしても、キオの戦力はロッシュの三分の一。さらにスタッフは一年生のみ。これでは最初から勝負にならない。現実問題として、自分の意志でデータを操れるアキの参加が不可欠と、アキ自身を交えて検討の末、結論が出されていた。

だから、なんとしてもアキの参戦を、認めさせねばならない。キオは湧《わ》き上がる憤りを抑えて、ひたすら沈黙を守っていた。

キオがおとなしくしているのをいいことに、テレーズが言う。

「演習開始にあたって、彼女自身の意志は反映させません。ただ、データを操るのに必要な、彼女の思考のみを残します。この条件でどうでしょう」

「何にしろ、基本規定に反することは認めがたい」

あくまで頑《がん》とした態度を崩さず、ベルグソンが頑《かたく》なに言う。

が、ロッシュは別の意見を口にした。

「規則とおっしゃいますが、教授。いままでなかったからと言って、機械知性による作戦指揮が今後もないとは言えますまい。ありうる事態に対して、研究を惜《お》しまない――それでこそ、本学の存在意義があるのではないですか？」

「う、うむ……」

ロッシュの言葉は正論だ。ベルグソンは、眉間の皺をさらに深くする。

さらに止《とど》めのひと言が、ロッシュの口から紡がれた。

「フォイアフォーゲルとの講和に傾いているそうですが、僕の考えではおそらく無理です。一時は緊張緩和できたとしても、いずれは衝突せざるをえないでしょう。そのときのために、人材を確保しておくべきです」

「うむ、それはそうだが、しかし……」

ますます渋面《じゅうめん》をつくるベルグソンを盗み見て、キオはそっと頭を下げた。

そうなのだ。人間の才能は様々だが、こと軍事的能力に関する限り、実際に戦わない限り、表に出ることはない。

無論、ロッシュも自分が勝つことに、人一倍貪欲《どんよく》なことは間違いない。しかしそのうえで、他にも才能がある者を発掘する努力を惜しまない。

「感謝します、先輩。僕も、応えなければなりませんね」

「どういった方法で、応えてくれるかな？」

ロッシュが顔を向けてきた。その顔を見て、キオが告げる。

「僕は勝ちます。勝って、同盟の姿勢を正してみせる。そのつもりで、演習に望みます」

「ほう……」

表情を改めて、ロッシュもキオを凝視する。

碧《あお》い双眸《そうぼう》が思いがけない熱気を籠めて、唇に微笑を上らせた。

アムラフ星間大学随一の俊英が覗かせた、貪欲な野獣の笑みだ。

「いいだろう。楽しみにしているよ」

二人の視線が、空中で火花を散らせたようだ。何か言いかけたベルグソンが、諦《あきら》めたように首を振る。そして、こればかりは譲《ゆず》れないとばかりに言ってきた。

「フェドレンカ教授。言っておくが、これはあくまで特例だ。そのリリスというアンドロイドは、機材としてのみ参加を認める。だが、部外者の参加は認められん。昨日の、イシス寮への不法侵入者。あの女はカロン君の関係者だったそうだが、並大抵の腕ではないようだな。その女を参加させようと考えているなら、断固として認めんぞ」

梃子《てこ》でも動きそうもない、不機嫌極まりなさそうな老人とは対照的に、テレーズは軽やかに微笑《ほほえ》みながら、供された茶を喫《きっ》した。

湯気に顔をくすぐらせながら、ほんわりした声で、挑発するように言う。

「学則では、それまで使われたことのない戦術でも、存在が客観的に確認できるものなら使用できる。そうでしたよね？」

邪気《じゃき》のない笑顔で問いかけられ、ベルグソンは気難しげに頷いた。

「そのとおりだ。存在が確認できるものに関しては、すべて使用できる。ご存じだろう」

「はい、確認しただけです」

それだけ言って、テレーズは勢いをつけ、ソファから飛び降りた。

「用は済んだわ。キオ、明日の支度《したく》もあるし、早く帰りましょう」

「は、はい」

釣《つ》られるように腰を上げたキオが、ロッシュとベルグソンに頭を下げて、急いでテレーズの後を追う。

そのキオを、ロッシュが呼び止めた。

「キオ君、一つだけ、聞かせてくれたまえ。ナミくんは、いま君の部屋にいるのか？」

「な、なんですかいきなり」

警戒口調になったキオが、それでもここは下手《へた》に隠さない方がいいと考えた。

「ええ、いますよ。アキがついてます。一応は不法侵入ですから」

「そうか。いや、わかった。ありがとう」

それだけ言って、ロッシュは横を向く。その横顔が紅《あか》く染まっているように思えて、また小首を傾《かし》げるキオだった。

教授棟の廊下《ろうか》は、学生や若い助教授、助手たちで賑《にぎ》やかだ。

そのなかをキオとテレーズが縫《ぬ》うようにして進む。肩を縮めて歩くキオに向けて、学生たちのなかから呼びかける者がいた。

「あの、カロン先輩！」

一年生の徽章《きしょう》を付けた、一人の少女だった。髪をフィッシュボーンに結び、口元から八重歯が覗くその顔に、見覚えがあった。

同じテレーズの研究室で、情報解析に就《つ》いていた女の子だが、それほど親しく話したことはなかったはずだ。何より飛び級したキオより、実は年上だったりする。

「ええと、確か、カルロッタ……」

記憶から名前を掘り出しながら呼びかけたキオに、少女は声を励まして言ってきた。

「カルロッタ・イアッチーノです。先輩、あたし、ケルナ星系の出身です。ビスティシアの元首閣下《かっか》には、ずいぶん助けていただきました」

「ああ、そう……あの、悪いけど先輩は止めてくれない？」

それしか言いようがない。ケルナ星系はメガ・クリューテスの傘下《さんか》にあった小国で、かつてはそれなりの勢力を保っていたが、宗主国が衰退《すいたい》してからは歩調を合わせるように衰微《すいび》して、いまでは見る影もない。

それでいて軍事上の要衝《ようしょう》にあるため、フォイアフォーゲル帝国の圧迫を受けている。数年前にクリュスが援軍を送り、助けたことがある。そのことを言っているらしい。

礼を言われるのはそれなりに嬉《うれ》しいが、キオが働いたわけではない。父親のことだし、なにか思惑があったんだろうと思う。が、カルロッタと名乗った少女は、キオの困惑は気にせずに、思い切ったように言ってきた。

「ロッシュ先輩との演習、勝ちましょう。私だけじゃありません。小国から来た学生は、みんなが応援しています」

「みんなが？」

にわかには信じがたく、思わず訊き返したキオに、口々に声援がかけられた。

「銀河に生きてるのは、大国だけじゃないんだ。キオ、おまえは俺たちの希望だぜ」

「大国の好きにはさせないってことを思い知らせてやってくれ。頑張れよ！」

口々に言ってくるのは、皆、小さな星の出身者らしい。ほとんどが男だが、そんなことは関係ない。キオは自分を応援する声に包まれて、半ば唖然《あぜん》として立ち尽くす。

男性がほとんどのなかで、カルロッタはキオに抱きつき、頰《ほお》に唇を押しつけた。

柔らかい感触を頰に残して、少女は逃げるように駆けていく。おーっとどよめきがあがり、キオは少女の赤面が伝染したように、顔をみるみる上気させた。

「責任重大だねぇ、キオ」

振り向いたテレーズが、にやにやしながら言ってくる。

その言葉で、正気に返った。慌《あわ》てて駆け寄って、小声で口止めする。

「教授！　余計なことは言わないでくださいよ！」

言ってしまってから、しまったと思った。テレーズの顔に、楽しげな笑みが広がる。藪《やぶ》をつついて蛇《へび》を出してしまった。こんな顔をしたテレーズが、黙っているわけがない。

「あんたがロッシュの軍を、一〇分で片づけるつもりだなんて、誰にも言わないよ」

案の定、ことさらに大声で吹聴《ふいちょう》されて、キオは頭を抱えた。

膝《ひざ》を折りそうになるキオの肩を、手を伸ばしてぽんと叩《たた》きつつ、楽しげに言ってくる。

「頭抱えてる暇《ひま》はないよ。今夜は下手すりゃ徹夜《てつや》だ。まだ大仕事が残っているからね」

「え？　仕事って、作戦はもう立てたじゃないですか。このうえ何を」

言いかけたキオに、テレーズは指を左右に振りながら、

「せっかく認めてもらったデータ運用機材に、いろいろとインプットしなきゃならないでしょうが。私も手伝うから、早く済まさないと明日になっちゃうよ」

腕を回して張り切るテレーズの姿に、キオはもう一度額を押さえた。

もう、日は傾き始めている。確かに、もう時間はなかった。


その夜から朝にかけ、キオは文字どおり不眠不休、八面六臂《はちめんろっぴ》の強制労働を強《し》いられた。

まずはアキの光電子脳に手を加えねばならない。当初は星間戦略学部の設備で片づけようと思ったキオだったが、当のアキに拒絶された。

「やだよ。星間戦略学部の精密機械工作設備って、いいとこコンピューター調整用じゃ

ない。言っておくけど、私はあの連中とは比較にならない精密機器だよ」

壊されちゃたまらないと言われれば、キオも強くは出られない。

そこで仕方なく、隣接する精密工学部を訪ねた。

アムラフ星間大学では、最初の一年で専門学部の他に、全学部共通の一般教養が教え込まれる。そのクラスで馬が合った友人に、設備を貸してくれるよう談判《だんぱん》する。

「なに？　アキを改造するって……おまえ、危ない趣味に目覚めたのか!?」

気味悪そうに身を遠ざける友人に、アキ自らが説明した。

「運用データをインプットすんのよ。明日の発表演習に備えて、私を機材に使うわけ」

「仮にも女の子を使って、なんの運用だ。おまえらの学部って」

精密工学部ともなれば、機械に愛情に似た感情を抱くようになるらしい。なぜか嫉妬《しっと》めいた眼で見つめられながら、キオは作業台に横たわったアキの胸を開け、体内をいじくる羽目になってしまった。

「うう……演習に勝つために、なぜこんな白い眼で見られにゃならない……」

後ろめたさに苛《さいな》まれるキオに顔を向け、当のアキが無責任に励ましてくる。

「キオ、ふぁいとぉ」

その声援が、なおさら精密工学部の学生たちの疑念《ぎねん》を呼び、作業を見守るなかからひそひそ話が広がっていく。

明日にはさぞ壮大《そうだい》な噂話が、全星を泳ぎ回るに違いない。それに体内を露《あらわ》にされたまま応援する女というのも、倒錯《とうさく》した光景ではあった。


一方、寮に取り残されたナミは、ひたすら落ち込みまくっていた。

「ああ、どうしたらいいんだろ。あたしの口からお伝えするなんて、できっこない」

ベッドで転げまわって悩むナミ。見かねたフィアールカが、おずおずと言ってくる。

「あの……ナミさん？　ならばキオさんが負けてしまった方が都合がいいのでは？　そうすれば、遠慮なく連れ帰ることができるんじゃないですか」

「そうも考えたけど！　それじゃ、キオ様のご意志に反するの。主君の敗北を願うなんて不忠者よ。星忍の資格なんてないの。すぐにも自害しなきゃいけないの」

正直言って鬱陶《うっとう》しい。しかしだからといって、フィアールカには止められない。ただ困り果てて眺《なが》めるばかりだ。

と、そのとき。どんどんと、個室の扉が叩かれた。

びくっ、とフィアールカが、肩を震わせた。

ナミにすがりつき、蚊《か》が鳴くような声で言ってくる。

「ナ、ナミさん!?　なんでしょう。私たち、何かしたんでしょうか」

「落ち着いて、フィアールカ。あたしたちが潜入したことは知れ渡っているし、きっと、捕まえに来たんだわ。あたしの側を離れないで」

ナミの声も震えているが、これは内心に、戸惑いがあるためだ。

相手がなんにせよ、キオの《ご学友》だ。星忍の術が振るえるはずもない。

分子振動剣の柄《つか》を握り、いつでも抜き放てる態勢を保ったまま、ごくりと唾《つば》を呑《の》みこむのみ。と、荒々しいノックが唐突《とうとつ》に止んだ。

ほっとしたのも束の間、風を切るような異音が迸《ほとばし》り、ドアをロックしている電子錠《でんしじょう》を、紅い筋が寸断した。間違いない。何者かがこの部屋に、力ずくの侵入を試みているのだ。

「ナミさ〜ん」

フィアールカがますます脅《おび》えて、ナミにすがりつく。ナミは唇を噛《か》みつつ覚悟を決めた。重力推進手裏剣を取り出して、中心に設けられたスイッチを入れる。

次の瞬間、抵抗の術《すべ》を失ったドアが、力一杯押し開けられた。

途端に投じられようとした手裏剣が、指を離れる寸前に動きを止めた。

「……え？」

間抜けな声が、ナミの唇から洩れた。

視界一杯を、鮮やかなピンクが彩《いろど》った。目の前を覆《おお》い尽くすような、豪華極まる薔薇《ばら》の花束。長身を折り曲げ、一世一代の思い切った顔つきでその花束を突き出しているのは、昨日死闘《しとう》の場に立ち会っていたロッシュ・ユルフェその人だった。

予想外の出来事に、ナミは眼をぱちくりとしばたたく。

いきなり花を突きつけられるなどという場面は、これまでの人生で一度もなかった。

だからこの大量の花が何を意味しているのか、まったくわからない。

これは花を使った忍法で、一見花に見えるが、なにか胡乱《うろん》な道具なのではないか。そんな考えさえ頭をかすめたが、考えてみればロッシュはただの学生だ。ナミたちのような怪しげな術など、心得ているはずがない。

ロッシュの背後で、ユンが粒子剣《りゅうしけん》の力場《りきば》を柄に収めていた。なるほどこの男の腕なら、電子錠を切断した手練《てだれ》も頷ける。しかも、まったく殺気がない。

硬直してしまったナミに、ロッシュは顔を赫《あか》らめながら、真剣な声音で言ってきた。

「キオ君から、君がこの部屋にいると聞いた。乱暴な手段だったが、明日は演習だ。僕の気持ちを伝えるのは、今日しかなかった」

「はあ？」

予想外の言葉を聞かされて、ナミは間抜けな声で答えてしまった。

「その……なんだ。昨日は済まなかった。君が迷っているとは気づかなかった」

こちらこそ、とナミは、やや後ろめたい気持ちで思う。

ナミの方こそ、勝手にキオのもとにやって来て、間違えてロッシュの寮に忍び込んでしまったのだ。星忍として習い覚えた忍び術を駆使《くし》して、学園星の警戒システムを黙らせてしまったのも彼女。学園本部の警備課に教えてやったらパニックが起きるだろう。学園星の警戒システムときたら、まだ実用化もされていない、学生が好き勝手に作った代物《しろもの》だ。それがナミのような小娘に、あっさり無力化されてしまったのだから。

申し訳なさげなナミの様子にも気づかず、ロッシュは上の空な口調で言った。

「謝罪だけでも、したかった。それに、貴女の配慮にも感謝をしたい」

「は、配慮、ですか？」

ますます、ナミは混乱する。配慮などしただろうか、あたしは。

戸惑うナミに、強引に花束を押しつけるロッシュに代わって、ユンが口を開いた。

「私の剣に対して、君は防ぐだけでいた。刃《やいば》を交えた私には、君の技倆《ぎりょう》が多少なりともわかるつもりだ。我々を傷つけないようにとの配慮、痛み入る」

ロッシュとともにやってきたユンが、頭を下げる。

「は、配慮だなんて、そんなあたしはあはははは。あたしは影に生きる忍び者。表の世界の方たちに、傷をつけることはできませんです。だから気になさる必要ないんです」

上擦《うわず》った口調で言いながら、ナミは心に決めた。

あのときユンの剣に追い詰められ、たとえ堅気《かたぎ》の学生たちの命を奪ってでも、術を使って切り抜けようとしていたことなど、死んでも口にすまいと。

いいのだ。忍びの道は、人知れず任務を果たすこと、自分がどんなことを考えていようと、結果よければすべてよし。あとは野となれ山となれ。

うろたえるあまり、おそらく意味が違うであろう格言を心に掲げるナミに、ロッシュが改まった口調で言った。

「ついては、謝罪を形で表したい。よければ、つき合ってはもらえまいか。貴女たちに希望があれば、できる限り沿いたいと思うのだが」

「ええっ!?　そ、それは……」

ロッシュが何を言っているのかが脳に達した途端、ナミは正気に戻った。

それはまずい。影の存在である忍者の身で、そんな人目に立つような真似をやらかしては、ビスティシア星忍の面子《メンツ》にも関わるし、何よりキオが困るだろう。

「いえ、それは……」

断ろう。そう考えて口を開きかけたナミに覆《おお》い被《かぶ》せるようにして、背後からフィアールカが乗り出した。

「本当ですか!?　あの、なんでもいいのですか!?」

「え、ええ。まあ大概《たいがい》のことは」

一見おとなしげな少女の、思いもかけない懸命《けんめい》な口調に、ロッシュもたじろいだ。

驚いた顔で答えると、フィアールカは眼を輝かせ、はにかみながら見上げてきた。

「あの……私、講義を受けてみたいんです」

「こ、講義？　それはつまり、学生としてということか？」

この事態は予想していなかったのか、超然と構えていたユンが、戸惑いを露《あらわ》に問うた。

フィアールカは頷いて、恥ずかしそうに頰《ほお》を染めた。

「学生生活って、一度やってみたかったのです。星の外に出ることが、ほとんどなかったものですから——普通の学生というものに、なったことがなかったんです」

彼女が申し出るとは思っていなかったのだろう。ロッシュはユンと顔を見合わせる。

そして、ナミもぽかんと口を開けた。その顔をぶるっと振るって、辛《かろ》うじて正気を取り戻す。護衛任務にある星忍としては、おいそれとは承諾《しょうだく》できなかった。

「あの、フィアールカさん。それはちょっと、あたしとしては」

「お願いします、ナミさん！」

みなまで言わさず、体ごと振り向いたフィアールカが、ナミの手にすがって訴える。

澄んだ泉を思わせる大きな瞳に、必死の光が浮いていた。

「一つだけ、わがままを言わせてください。一つだけ楽しい思い出を……そうすれば、パルテナ様の御許《みもと》に、心置きなく向かえます。だから、ナミさん」

必死な思いを籠めた眼だ。ナミの心が揺らぐ。そして、ふとひっかかるものを覚えた。

自分の命が、明日にも尽《つ》きると言っているように聞こえる。しかし、フィアールカの任務は、ジェルトヴィアが開発した秘密兵器の設計図を、最前線の惑星要塞《ようさい》に届けることのはず。安全な旅とは言えないが、それほど思い詰めるものでもなさそうだ。

しかし、フィアールカは追い詰められた子犬のような眼で見上げてくる。その一途《いちず》な瞳に、ついにナミは白旗をあげた。

「ええ、まあ……あたしが、同行するということでなら……」

ナミが渋々折れたとき、フィアールカはそれはもう嬉しそうな顔で手を合わせてきた。星忍としては問題かも知れないが、ナミはそのとき、なんとなくいい気分だった。


そんなこんなで時は流れ、翌朝の九時が来た。

明け方近くになって、キオはアキに肩を借りて、疲労困憊《ひろうこんぱい》の態《てい》で帰ってきた。戸口まで出迎えたナミを見て、キオは驚いた。彼女もまた、疲労困憊している。一方、フィアールカは妖精を思わせる顔を上気させたまま、夢見心地でいるようだ。

「なにか……あったのか？」

不審に思って問うたキオに、ナミはなぜか慌てて手を振って、

「なんでもないですっ！　キオ様、お疲れ様でした。お腹、空いていらっしゃいませんか？　あたし、お食事つくりますっ」

と騒ぎまわった末に、食事の支度《したく》を買って出た。

大丈夫か、こいつ——と、そんな顔で見ていたアキだったが、彼女は彼女で、改造直

後で何もする気がしない。頼みの綱は演習から逃げ出さなかった一年生たちで、幸い何人かが、助っ人を申し出てくれた。

それで丸く収まるかと思われたが、ナミは一年生たちが料理を始める様を見て、対抗意識を刺激されたらしい。エプロンを身につけて、必死の形相《ぎょうそう》で宣言した。

「キオ様が召し上がるものをつくるのは、家臣の務めですっ！　ご学友の皆さんにばかり、お願いするわけにはいきません。私がやりますっ」

眦《まなじり》を決して眉を吊《つ》り上げ、眼を血走らせてコンロに向かう。その鬼気《きき》迫る有様に、一年生たちは遠巻きにして見守るばかり。フライ返しを胸に抱き、我が身を守るようにしながらやって来た一年生のフローラ・マルボロが、気味悪そうに訊いてきた。

「アキ先輩――あの人、何なんです？　家臣だのご学友だの、なんだか頭が古びているようですけど」

「う～ん、なんて言っていいのか。確かに尋常《じんじょう》じゃないんだけど」

アキも対応に困る。あれだけ大騒ぎをやらかした後で機密もないものだが、星忍の存在はやはりビスティシアの最高機密だ。キオとしてもナミにあからさまに出てこられては、やはりまずかろう。

小首を傾げたフローラが、さらに声を潜めて言った。

「ここだけの話、先輩たち下手すると、学内中の女の子から恨《うら》みを買いますよ。今日、ロッシュ先輩とユン先輩が、あの二人を連れて廻《まわ》ってたんです。講義を受けさせたり、学食に行ったり。特に青い髪の方の娘は、凄《すご》く楽しそうでした」

「え？　そ、そうなの？」

初めて知って、アキは驚く。しかし、すぐさまなぜか、納得顔で頷いた。

「フローラ、それをキオに話しちゃ駄目《だめ》よ。それでなくても気苦労が多いんだから」

「は、はい。話しませんけど、どうせ無駄《むだ》ですよ。いずれわかるに決まってます」

「う～ん、それはそうだろうけれど、世の中にはね。どんな犠牲《ぎせい》を払っても、女の子の願いをかなえてあげなきゃ、というときがあるものなのよ」

しかめつらしく言って、アキは自らもキッチンに歩み出す。

アムラフ星間大学の学生寮には、もちろん学生食堂が完備している。終日営業、年中無休。さらにありとあらゆる星系出身者の、生理に合わせた食事を出してくれる施設だが、なにしろほとんど全員が、親元を離れた学生の身だ。

万年戦時下のご時世でもあり、仕送りが滞《とどこお》っている者も少なくない。学食は安いが、それでも毎食利用するのは辛いという者もいる。そんな赤貧《せきひん》学生のために部屋ごとに、一応は自炊《じすい》の設備が整っている。

まあいいか、とアキは気楽に考えた。星忍とは、つまり忍者だ。任務の間は、どれほど長い潜伏《せんぷく》にも耐える。当然、料理の一つや二つはできると思っていた。

とんでもない間違いだった。ナミは、潜入潜伏型の忍びではなかった。もっぱら荒事《あらごと》専門の、戦闘任務に特化した、十星忍のなかでも特殊な存在である。

身に付けた武術も、宇宙戦艦《せんかん》すら沈める忍法も、料理には役立たない。苦心惨憺《くしんさんたん》の末にできあがったものは、焼肉らしき塊《かたまり》、スパイスが効きすぎた野菜の煮物——のようなもの、あるいは鶏肉《とりにく》のフライ、かもしれない得体の知れない物体だ。

「あの——切るだけで食べられるチーズを、どうすればこんなにできるわけ?」

下級生の誰もが近寄らない、謎《なぞ》の塊を箸《はし》の先に突き刺して、アキは疲れた声で訊く。

改造直後のせいか、体が重い。思考速度も鈍《にぶ》っている。

嘆息《たんそく》するアキを前にして、ナミはエプロンをつけたまま縮こまる。

「ごめんなさい……あたし、お料理が下手で。でもお掃除《そうじ》なら。汚名挽回《おめいばんかい》の機会をぜひ」

大急ぎで掃除道具を取りに行こうとするナミを、アキは止めた。冗談抜きで頭痛がしてくる。光電子脳内部のノイズが、痛みに似た感覚を伝えてくる。

「いや、いいよ……できるならおとなしくしててくれるかな。キオを悩ませたくないんだ。今日は本番だしね——それと汚名は返上するもので、挽回と違う」

「はい……」

ナミは顔を真っ赤にして、ますます縮こまる。

こんな星忍を飼《か》っていて大丈夫かと、アキは本気で心配になった。

不気味なチーズのなれの果てを皿の上に落とし、意味ありげな眼を向ける。

「ナミちゃん、自分に向いてないことを、無理にしなくていいから。ご飯が終わったら、私に付き合ってくれるかな。あんたにしかできない仕事があるから」

「あたしにしかできないこと……なんて、あるんですか……？」

人殺し以外に、と、ナミは完全に自信喪失《じしんそうしつ》した顔で言った。

うん、と、今度は自信を籠めて、アキが微笑《ほほえ》む。

「絶対だわ。星忍ナミ・ナナセがこなしてきたミッションと、あんたの知ってる他の星忍の活動を、そっと教えてくれればいいんだよ」

にこやかに、アキは無茶なことを口にした。

「えっ？　ええ、そんなっ！　無理ですよ！」

悲鳴に似た声をナミがあげた。当然だ。星忍の活動が絶対の機密である以上に、彼らがどんな活動をしてきたのかは、絶対口外できない秘密中の秘密である。

しかし、小悪魔的な笑みを浮かべたアキは、思いの外あっさり頷いて、

「そうだよねぇ……けれど、キオはビスティシアの後継者でしょ？　キオが知るには問題ないだろうし、私はそのキオが使うツールとして、演習に参加するのよ。だから、私にインプットしてくれるのは合法なの。わかった？」

どう考えても、詭弁《きべん》以外のなにものでもない。しかしキオの名が効いたのか、ナミは

深刻な顔で考え込んだ。

天井《てんじょう》まで、およそ五〇〇メートル。差し渡し一〇〇〇メートルから八〇〇メートル。星間戦略学部の地下に設けられた、特別仮想演習場。それが、フェドレンカ研究室とベルグソン研究室の、決戦の場であった。

「さぁて、いっちょやるかぁ」

腕を回しながら、テレーズ・フェドレンカが言う。指導教授の彼女は、当然教え子たちと同席する。振り向いたキオは、その格好に絶句した。

小柄な体に胸と背中が思い切り開いたイブニング・ドレス。眼の醒《さ》めるような緋色《ひいろ》に燃える、情熱の紅い色。それにどういうつもりか、巨大な白色の羽扇《はねおうぎ》を優雅に振って、あどけない笑みを浮かべている。

「え、ええと……まあいいですけど」

言葉を濁《にご》して、キオは後ろめたそうな眼を、テレーズの体にさまよわせる。身長一四八センチの小柄でも、胸は大きく尻は元気に張り切り、また腰はぎゅっと搾《しぼ》ったようだ。なんというかその、なまじ童顔だけに、露出《ろしゅつ》の多い衣装は実際以上に眼の毒だ。視線を引き剝《は》がそうと思うが、ぬめるような白い肌はブラックホールさながらの吸引力をもっている。眼を逸《そ》らすのは並大抵の努力ではかなわない。

そんなキオの顔を見ながら、テレーズは嬉しそうに扇を振った。

「君も一国の後継者なんだし、いずれは子供をつくんなきゃならないでしょ？　確か君の国は、元首と為政者《いせいしゃ》は同じだと思ったし。いっそ私はどうかね」

「止めてくださいよ。女子だっているんです。それに俺は、ビスティシアの後継者にはなりません」

たとえ恩師でも、触れられたくない話題はある。不機嫌な顔で言ったキオに、テレーズは小首を傾げてみせた。

「そーゆーことは、言わないほうがいいと思うよ。君が子供をつくってくれないと、困る娘もいるんだから。ねえ、ナミちゃん？」

指導教授の何気なさそうな言葉を聞いて、キオは文字どおり飛び上がった。

「ナ、ナミ!?　おまえ、部外者だろ!?　どうしてここにいるんだよ！」

キオが血相変えて見た先には、肩を縮めたナミがいる。

一昨日《おととい》に見た星忍のスーツや、昨日から今朝にかけ、アキが貸していた私物のブラウスと違い、アムラフ星間大学規定の作業服を着用に及んでいる。この作業服が、またおそろしく没《ぼっ》個性的な代物で、どんな個性の持ち主でも、これを着るだけであら不思議。たちまち誰が誰だかわからなくなってしまう。

キオが驚く顔を見て、テレーズは喜んだ。嬉しそうに体をくるりと回し、羽扇で差し招くように扇《あお》いでくる。

「ナミちゃんだけじゃないよ。フィアールカちゃんもいるよん」

「あ、あの……すみません。私たち、来ちゃいけなかったのですか？」

これまた小柄な体を、作業服に埋《う》めるようにしたフィアールカが、困惑《こんわく》した眼で見上げていた。

ここに至って、キオは難詰《なんきつ》の無益を感じた。彼女たちの意志では絶対にない。テレーズが画策《かくさく》して、連れ込んだに違いない。フィアールカは絵に描いたような箱入り娘だし、ナミに至っては戦闘以外に能がない。世間知らずの権化《ごんげ》のような娘たちなのだ。

「……教授、知りませんよ。どんなことになったたって」

とにかく、苦情はテレーズに向けるしかない。大体、わかっているのかこの人は。

アキを入れるのだって、あれだけ苦労したのだ。ナミとフィアールカ、部外者を二人も制御室に入れたことがわかったら、勝敗の如何《いかん》に拘《かか》わらず、フェドレンカ研究室の負けが決定する。その後、懲罰《ちょうばつ》すら覚悟しなければならないはずなのに。

「俺は、この大学を追い出されたら行くところがないんですよ。だから、勝つための努力をしてるんじゃないですか」

「あ、そんなことはないです！　キオ様には、ちゃんと……」

なにか言いかけたナミが、またも言葉を濁《にご》らせた。ふと不審を感じたが、それより差し迫った問題がある。改めてテレーズに眼を向けるが、彼女は澄まして言ってきた。

「すべて、君の勝利のためだよ。アキを運用機に使って、一年生たちが手伝ってくれるだけじゃ、まだ勝算は絶対的なものじゃないの。ナミちゃんは、その確率を跳ね上げるための大切な要素だよ。つまり」

「このうえに、一体どんな……いやいいです。でも時粒子爆弾とかは駄目ですからね」

また新たな頭痛を覚えそうな気がして、キオはテレーズの言葉を遮《さえぎ》った。

不毛な会話をしているうちに、時間が刻々と過ぎていた。

一刻も早く、セッティングしなければならない。演習室の外壁《がいへき》に淡い光が灯《とも》り、ロッシュへの声援が沸《わ》き立っていた満員の観客席も、しんと静まり返っている。

その声援を奪ったものは、照明のなかに浮かび上がりつつある、広大な宇宙の光景だ。

両陣営が操作するそれぞれの勢力は、軍事や経済、政治力、果ては文化の洗練度や傾向、民衆の力関係まであありとあらゆる要素を計算し、表示されていくものだ。

もちろん実際のシミュレーションでは、当事者のみが知ればいいのだが、それでは大衆にアピールしない。まして、アムラフ星間大学は、半民間の大学だ。できるだけ派手に演出し、勝敗も単なるコンピューター上の計算だけではなく、具体的に眼に見える形で見せる。そのために、馬鹿《ばか》馬鹿しいほど広い設備を備え、両軍の作戦を立体映像で表示して、派手な戦闘シーンまで見せるのだ。

いま、壁面に備えた投影装置《とうえいそうち》が、演習室全体に宇宙の模擬《もぎ》映像を映している。凍《い》てついた星々に、両陣営が制圧している区域が色分けされて浮き上がる。小規模な星団が点在する、宇宙航行の要衝《ようしょう》――そんな宙域を模しているようだ。

設定は、大勢力二つが睨《にら》み合う世界。点在する小国家は、あるいは中立を保ち、あるいはどちらかに加担《かたん》している。それらを使ってのシミュレートが、この演習の目的だ。

東側に広がる陣営に、幾つもの艦隊が浮き上がる。戦艦《せんかん》や宇宙母艦《ぼかん》、数々の補助艦艇《かんてい》を揃えた大艦隊。その旗艦《きかん》が掲げた旗に、大空間を揺るがす歓声《かんせい》があがった。

「ロッシュ先輩の旗だね。さすが、いい趣味してるわ」

アキが言った。彼女は急遽設《きゅうきょしつら》えた簡易《かんい》ベッドに横たわり、自分の手で胸を開いている。ふくよかな胸のなかに冷たい機械が見え、作動を示すランプが幾つも灯《とも》っている。アキは自らの体内を指差しながら指示を出し、幾つも配置されている制御盤から伸びたケーブルを、一年生たちがせっせと繋《つな》いでいく。

最後のケーブルを繋ぎ終え、アキは小さく呻《うめ》いて、背をのけぞらせた。

その途端、キオの前に据えられた制御盤に、火が入った。蜂《はち》の羽音を思わせる音が聞こえ、無数のディスプレイに、一斉にデータが映し出された。

「準々決勝まで戦った、先輩たちの遺産かぁ……キオ、なんだかんだいっても、先輩たちが頑張ってくれたから、私たちはここにいるんだからね。責任重大だよ」

「わかってる。それとアキ、先輩たちは死んでないから」

言わずもがなのことを口にした、キオの喉仏《のどぼとけ》がごくりと上下する。

「メインフィールドに、全勢力表示」

自分に気合をかけるように、腹の底から声を出す。指が操作盤を叩き、演習場の擬似《ぎじ》宇宙空間西側に、艦隊や補給部隊、陸上部隊などの擬似映像が、萌《も》え出すように現れた。

その途端に、静まり返っていた演習場全体にブーイングが響き渡った。ロッシュの応援に詰めかけた女子学生その他の、文字どおり宇宙を揺るがす罵声《ばせい》の嵐。一年生たちは顔面蒼白《そうはく》で、逃げ腰になっている者もいる。

ちっと舌打ちして、キオがぼやいた。

「こちらの戦力は、およそ三分の一。経済力も桁違《けたちが》いだ。これだけ差がついているんだから、温かく見守ってくれてもいいだろうが。応援しろと言ってるわけじゃなし」

「けれど先輩！　負ける気はないんですよね!?」

制御盤の一つについたカルロッタが、有無を言わせぬ気迫で言った。

その口調には、大国の膝下《しっか》に呻吟《しんぎん》する小国出身者の意地が籠もっている。カルロッタの言葉を聞いた他の一年生が、眦《みは》を決して頷いて、視線をキオに集中させる。

その瞳の強さに、キオは目を瞠る。そして、同じように懸命な顔を見たことが、今までにもあったことを思い出す。

それは、幼い頃に見た、会議の席だった。ビスティシアで開かれた、非同盟諸国を集めての国際会議。参集《さんしゅう》したのは、フォイアフォーゲル帝国やラムティア商業同盟、そして衰《おとろ》えたとはいえ、まだまだ影響力では侮《あなど》れないメガ・クリューテスといった大国の傘下に入ることを潔《いさぎよ》しとしない、小規模星間国家の代表者たちだった。

その人々は、いまキオに注がれるものと同じ眼を、議長席に向けていた。

議長席に座していたのは、クリュス・カロン——『表裏比興《ひょうりひきょう》』と噂されるキオの父親。目的のためには手段を選ばず、裏切りを恥辱《ちじょく》とも思わぬ宇宙の梟雄《きょうゆう》。しかし、いまのキオにはその父親に必死の瞳を向けていた人々の思いが、少しだけわかるような気がした。

「いまは、少しはわかるよ、親父《おやじ》——けれど、僕はあんたを認めない」

己を鼓舞《こぶ》するように、キオは強い口調で言った。

操作盤を走る指に従って、全軍が艦隊編成を終えていく。手元のディスプレイを見れば、ロッシュも同じように、戦時編成を終えていた。

おそらく、表示されていない伏兵《ふくへい》もいるだろう。ロッシュの戦い方は、二つの主力部隊を争わせながら進撃させ、相手を翻弄《ほんろう》したうえに決戦を挑む正統的なものだ。伏兵は、その主力の動きを気取らせないための、陽動兵力として使われる。

キオも伏兵を用意していた。最初から兵力が少ないから、さほど大規模なものは整えようがない。その少ない伏兵に、キオは勝負をかけるつもりでいた。

「キオ、旗を立てて。君の旗」

いつになく弾んだ声で、テレーズが促《うなが》した。

忘れていた。演習戦の指揮官は、特権として自分の旗を、旗艦か首都かに立てることができる。好成績をあげた者が、企業なり国家なりにスカウトされやすくするための、大学側のアイデアだ。

これまで指揮を取ったことがなかったから用意していない。仕方なく、キオは頭に浮かんだ最初のデザインを、自分の旗艦に打ち込んだ。

仮想空間に浮かぶ旗艦に、旗が立った。ロッシュが重装甲、重武装の戦艦を旗艦にしているのに対して、キオが選んだのは快速の宇宙母艦。特に大きく表示されたそれに、七つの宝石を配したカロン家の紋章《もんしょう》が翻《ひるがえ》る。

アキは、へぇとばかりに眼を丸くして、笑みを含んでキオを見た。

「じゃ、回路を遮断《しゃだん》するね。あとは、私の意識が艦隊を動かすから――しっかりね」

それだけ言って、アキの瞳から光が消えた。光電子脳内の意志から体を切り離し、キオが指示する艦隊の、操作だけに使うよう、自分の体を委《ゆだ》ねたのだ。

「作戦、開始！」

キオは低く、決然とした声で命じた。

罵声と歓声のなかを、仮想宇宙を二分する二つの勢力が、ゆっくりと動き始めた。

第五章　宴《うたげ》さまざま

艦隊《かんたい》は闇の衣を纏《まと》って、超空間から抜け出した。

歪曲航法《ワープ》は人工頭脳の大精神力で空間を無理矢理曲げるため、その予兆は重力震となって現れる。精度の高い観測機器を配しておきさえすれば、発見はさほど難しくない。

他国を武力で平定、併合《へいごう》していくことを国是《こくぜ》とするフォイアフォーゲル帝国としては、侵攻を事前に察知されるのは好ましくない。そこで、帝国技術院は研究の果てに、重力震発生をキャンセルする技術を作り上げた。

《影跳《かげと》びシステム》と名づけられたシステムは、全長四〇〇メートル級の高速戦艦までなら完璧《かんぺき》に包み込み、航行の形跡を洩《も》らさない。ビスティシアも似たような装置をもってはいるが、こちらのシステムは有効範囲が小さく、精々五〇メートル級の宇宙艇《うちゅうてい》を隠蔽《いんぺい》できるのみだ。

最新の装備を擁《よう》する科学と知識の殿堂《でんどう》、アムラフ星間大学の警戒システムも、空間の裏に潜航《せんこう》した《火龍《サラマンディル》》エトガーの艦隊を、探知することは適《かな》わなかった。

星間大学星が展開している空間力場《りきば》を潜《くぐ》り抜け、三〇隻《せき》の艦隊は、その内側に姿を現した。背後に広がる星々の光を漆黒《しっこく》の塗装に映《うつ》し、ゆっくり高度を下げていく。電磁波《でんじは》吸収装甲はフルに稼動《かどう》し、光学迷彩も完璧《かんぺき》に働いて、彼女たちの姿を隠し続けていた。

「探知された様子はありません。大学星の警戒システムは、沈黙しています」

告げてくるエーディットに、艦橋《かんきょう》の中央で腕を組みながら、エトガーが問いかける。

「キオ・カロンが学んでいるのは、星間戦略学部だったな。その上空に移動し、軽艦艇《けいかんてい》を中心に降下。影士《えいし》を投入して、カロンの身柄を確保する。そうすれば、星忍《せいにん》が姿を現すだろう。ジェルトヴィアの使者も、おそらく行動をともにしているはずだ。星忍は殺せ。だが、使者は捕らえろ」

「かしこまりました。それから、隊長。第一二打撃艦隊が、まもなく到着するはずです。ゴドルフ中将《ちゅうじょう》への指示は、いかがなさいます？」

「そうだな……下手《へた》に騒がれても厄介《やっかい》だ。こちらの目的が果たされるまで、外惑星軌道《きどう》で待機していただけ。目標が脱出を図ったときのみ、介入してもらう」

表情一つ変えず指示を下すエトガーの横顔は、肌の白さに碧氷色《アイスブルー》の瞳が際立つ鋭いものだ。束の間見とれたエーディットは、すぐさま表情を切り替え、さらに言う。

「キオ・カロンは、ラミアという学生寮《りょう》に入居しています。しかし、今日は彼の属する学部の発表演習が行われているようで……寮には不在の可能性が高いと思われます」

「学星の最新装備は本国科学院も瞠目《どうもく》するほどだと聞いている。目的を達したら、素早く引く――これでいこう。もっとも、抵抗されれば別だがな」

エトガーは軽く顎《あご》を引き、凛《りん》とした叫びをあげた。

「主力二戦隊、星間戦略学部地域に侵攻。他の艦《ふね》は包囲陣を取り、目標の脱出を防げ。日中は待機し、日没後に行動を開始する！」

三〇隻の艦隊は、不可視の衣に艦を包みつつ、大気圏《けん》外を進んでいく。


広大な演習場の全体に、息を呑《の》む観衆の視線が振り向けられる。

ある者は東側を、ある者は西側を注視し、手に汗握っている。主戦場となるべき中央部に眼を向けている者は、数万人のうち数人もいない。その空間は、ほとんどがロッシュの陣営に占拠《せんきょ》され、誰もがこの宙域には動きがないと、見切っているようだった。

奇妙な戦闘だ。ロッシュが率いるベルグソン研究室は、仮想戦場の過半を制圧している。だというのに、戦線はほとんど膠着《こうちゃく》し、徒《いたずら》に時間のみが過ぎていく。

その展開を、ほとんどの者が信じがたい思いで見守っていた。

星間戦略学部に籍を置く各研究室が、一年間を通じて戦い抜く学内トーナメント。数百回もの戦いを経て、その集大成として行われる決戦は、対戦者、観客を問わず演習場に詰《つ》めかけた人々のほぼ全員が、ロッシュの勝利を確信していたに違いない。

わずか六人のみが、現在の状況を、意外と思っていなかった。

六人のうち五人までが、東側の制御室で、懸命の戦いを続けていた。とはいえ、そのうち三人では、確信よりも願望が、その大部分を占めている。

その一人、カルロッタが興奮に顔を上気させ、上擦《うわず》った声をあげている。

「凄《すご》いですっ！　あのロッシュ先輩を、ここまで追い詰《つ》めるなんて……私、嬉《うれ》しいです。限られた戦力でも、大国を追い詰めることができるって、私、眼が覚めました！」

瞳を輝かせ、補給船団を操作する。可能な限り補給線を短く、充分な余裕をもって配分できるよう配置されたフェドレンカ研究室の補給船団が、ロッシュ陣営一色に染まった宙域をすり抜けて、前線へと伸びていく。

「優勢になったわけじゃないよ……辛《かろ》うじて、互角《ごかく》になっているだけだ。少しでも気を抜けば、あっという間に逆転される」

演習場全体を凝縮《ぎょうしゅく》した指揮官用のディスプレイを見つめながら、キオが言う。

「わかってます。でも、先輩たちは補《おぎな》っていると思います。ロッシュ先輩の勢力は、効果的に機動できていません。アキ先輩を制御機に使ったのは、このためなんですね!?」

意気込んで言うカルロッタが、上気した顔をアキに向ける。

身動き一つせず、簡易ベッドに横たわるアキの胸が開かれ、内部に繋《つな》がれたケーブルが、加熱して紅《あか》く光る。体内の機械類の作動状況《じょうきょう》を示すランプが明滅《めいめつ》を繰り返し、彼女の思考を司《つかさど》る光電子脳が、フル回転していることを知らせてくれる。

四方から包み込もうとするベルグソン研究室の戦力を、キオはアキの制御能力を通じて迎え撃ち、局所的に優越する戦力を集中することで退《しりぞ》け続けていた。

一方で、敵陣の一角に砲火を集中し、包囲網を突破して、一群の高速艦隊を送り出す。その艦隊が、伸びすぎたロッシュの補給線を切断し、攻勢の遅滞《ちたい》を招いている。一方、カルロッタが操作する補給船団は、ロッシュの攻撃をかわしつつ、前線に補給し続ける。

そうやって時間を稼《かせ》ぐキオを、勝利を信じるもう二人の少女――ナミとフィアールカが、真剣な顔で見守っていた。

「大丈夫。キオ様は、必ず勝ちます――あたしのキオ様が、負けるはずがありません！」

両の拳《こぶし》を握り締め、ナミはそう念じ続ける。論理的な判断が一切入らない分、ナミがもっとも純粋《じゅんすい》に、キオの指揮と作戦を、信じ続けているとは言えた。

ナミが一切の判断抜きにキオを信じるなら、その対極にいる代表が、教官用の椅子《いす》に腰掛けたまま戦況を見つめるテレーズ・フェドレンカであった。

限られた戦力で勝ちを得るには、論理的な作戦が不可欠だ。精神主義が入る余地はない。初めから敗北を覚悟するつもりでいるようでは勝てる戦いにも勝てないが、それ以上のものではない。テレーズはキオの戦法を観察しながら、一方で教官用の端末を操作して、勝負の行方《ゆくえ》を計算していた。

「……あと五分四〇秒後に、右翼《うよく》を押し切られるよ。その方面にすぐさま迎撃兵力を向ければ、一度は撃退できる。けれど、そのときには左翼《さよく》から侵攻してくる打撃部隊が、我が右翼の拠点《きよてん》を攻める。後詰《ごづ》めに出るこちらの艦隊を待ち受けて、後詰め決戦に持ち込まれるわね。そうしたら、こちらの体力が先に尽きる。勝ちはなくなるわ」

彼女はキオが優勢に戦いを進めるだろうと予想していた、五人目の人物だ。

その予測は、データに裏打ちされている。だからカルロッタのような期待とも、ナミが抱いているような確信とも違い、しごく冷静に、客観的に戦況を見つめている。

テレーズが指摘したロッシュ陣営の攻勢は、キオも予測していた。

操作盤を叩《たた》き、左翼に展開していた艦隊をロッシュ軍の予想侵攻地点に集中するとともに、温存していた予備兵力を繰り出した。

その艦隊が侵攻予想点に展開し、敵の先端部が現れたのに応じて、漏斗状《ろうとじょう》に引いていく。申し訳程度の反撃をかけながら、力尽《つ》きたように崩れる防衛線に乗じるようにして、ロッシュ軍がキオ軍の、絶対防衛圏に突入した。

息を呑んでいた観衆が、一斉に歓呼《かんこ》の声をあげた刹那《せつな》、

「一点集中攻撃！　分艦隊半包囲、側面に打撃をかける！」

キオの号令一下、フェドレンカ研究室の戦闘部隊は、一斉に攻撃を開始した。

差し渡し数百光年の宙域を表示する擬似《ぎじ》宇宙だ。数百隻を擁する艦隊とはいえ、それ

ほどのスケールから見れば点の一つにもあたらない。

しかし、だからといって数字やデータの羅列《られつ》だけでは、観客の興味を引くことができない。研究室の研究成果を示す大学の行事とはいえ、その裏には学生や研究者の手腕《しゅわん》を披瀝《ひれき》し、実際に見てもらうという、デモンストレーションの側面があることは否《いな》めない。

演習のハイライトとなる局面は、大きく拡大投影される。擬似映像だが、アムラフ星間大学の最先端技術を注《そそ》ぎ込まれた映像は、実戦さながらの迫力だ。

それぞれの陣営の艦艇は、芸術学部の学生たちが、精魂籠《せいこんこ》めてデザインしたものだ。

観客席の間近に幾つもの超大型ディスプレイが現れる。そのなかに一隻ずつ表示された戦闘艦が主砲塔を旋回《せんかい》させ、高熱砲を撃ち放つ。幾千弾もの白熱する火球が擬似宇宙を飛翔《ひしょう》して、敵陣営に着弾し、灼熱《しゃくねつ》の宴《うたげ》を繰り広げる。

漏斗状に展開した艦隊が、防御網を突破して侵攻してきたロッシュの艦隊の中核に、集中砲撃をぶちかます。あたかも巨大な凸《とつ》レンズで集中された太陽光が、紙片を焼いていくような光景だ。

後背《こうはい》を断ったキオの艦隊は、一部が目標を先頭部に変えて攻撃を続行する。一方で、漏斗の中核部を構成していた艦艇が分離して加速し、後背から突っ込んだ。

ロッシュ陣営も、黙って叩かれているわけではない。後方に控《ひか》えていた艦隊が数本の軸《じく》に再編成され、防御網に錐《きり》のごとく突き入って、侵攻路をこじ開けた。

「アキ、第七艦隊と第九艦隊を急派。局地的な優勢を確保して、高速艦隊で時間差迎撃！」

キオが対応策を打ち出し、アキはその指示を、艦隊の動きに変えて送り出す。

演習場の解析《かいせき》システムは、実際の戦闘で交わされる通信や、命令が浸透するまでのタイムラグをも、正確にシミュレートしているはずだ。実際、キオの陣営とて指示がすぐさま反映するわけではけしてなく、若干のずれは確かにある。

しかし、ロッシュ陣営が徐々に動き、波が広がるようにして陣形を変えていくのに対して、キオ陣営のそれは遥かに速い。本当に実戦どおりでは、こういったキャンペーン戦は何日もかかるから大幅に短縮してはあるが、それにしても目覚しい速度である。

しかしさすがにロッシュである。キオの指示をアキの光電子脳を通じて制御しているため、自分の手足のように戦力を動かしていることを、すぐさま看破《かんぱ》した。

「こ、こんな……反則だ、ロッシュ！」

ロッシュの下で、艦隊の一つを担当していた学生が、抗議の声をあげた。

しかし、ロッシュは首を振る。

「反則じゃない。艦隊の統括《とうかつ》を、人工知能に任せるのは前例がある。キオ君は、それを自意識をもつ光電子脳に変えただけだ」

「けど、下級生にしてやられるなんて、ベルグソン研究室の恥だわ。なんとかしないと」

後方補給を担当する女子学生が、焦慮《しょうりょ》を露《あらわ》にした。一週間前に、アキの一撃で三階から放り出されそうになった学生で、だから言葉の端々に、私怨《しえん》が籠もっているようだ。

ロッシュは唇を嘗《な》めた。知性の優《まさ》る碧《あお》い瞳に、自信に満ちた光が浮かぶ。

「確かに、意表を突いた戦術だが——所詮《しょせん》は、限られた兵力を、やりくりしているだけだ。幸い、突入口は三ヶ所開けた。そのすべてに、全戦力を投入する。戦力の飽和《ほうわ》状態をつくりだし、防衛線を焼き切ってやる」

冷静に言い放ち、ロッシュは艦隊を後方に下げた。

編成を組み終え、再度の侵攻を準備する。

これで最後にするつもりだ。予備兵力まで投入しての大攻勢が、満《まん》を持《じ》して始まった。


「来たねぇ。とにかく、大兵力で押し潰《つぶ》すつもりだよ」

のんびりした口調で、テレーズが言った。

「やはり、この手で来たか——さすがですね。近隣の諸国から徴発《ちょうはつ》する一方、中間に置いた艦隊の備蓄分を後方と最前線に振り分けている。頭足類《とうそくるい》が自分の肢《あし》を食って生き延びるみたいなもんですけど、こちらに余力がない以上、有効な手段だと思います」

答えるキオの顔に、汗が滲《にじ》んだ。照明を薄暗く、疲労を少しでも少なくしようと配慮した操作室内に据えられた幾つものディスプレイに、無数のデータが浮き上がる。続けざまに表示されるデータの輝きが、汗に濡《ぬ》れたキオの影に、色とりどりの光を走らせる。

ディスプレイの右上方に、紅い数字が明滅した。その数字が意味するものは、このまロッシュ軍の攻勢が続いた場合、キオ軍が組織的な対処を続けることができる限界が、あと一八〇秒――三分で訪れるというものだ。

キオは唇を嚙《か》む。その間にも、数字は一七九、一七八――と、容赦《ようしゃ》なく減っていく。

「先輩……！　このままじゃ……」

カルロッタが、消え入りそうな声で言う。他の一年生たちも焦慮を露にした顔を、統《とう》括者《かつしゃ》の座る席――通称、大将席で対策を考えるキオに向けてくる。

キオの顔が歪《ゆが》む。逆転の方策は、考えてある。反則ぎりぎりで、教授会がどう判断するかわからない、危うい綱渡りのような手だが、まだ逆転可能だ。

しかし、躊躇《ちゅうちょ》する。下手をすれば自分ばかりか、一年生たちにも累《るい》が及びかねない。あるいは、教官席で持参のポットを傾け、お茶など飲んでいるテレーズにも……いや、あの人は本人がやりたがっているから、別にいいのか。

キオの頭のなかで、二つの考えがせめぎ合う。危ない橋を渡ってでも、逆転にかけるか。あるいはこのまま敗北を、甘んじて受け入れるか。

敗北しても善戦したということで、一年生たちは何ら不利益を被《こうむ》るまい。自分への退学勧告も、上手《うま》くいけば免《まぬが》れるかも。そう思ったときだった。

「キオ様――負けないでください！　ビスティシアの得意な戦法なら、まだ戦えます。

キオ様なら、使いこなしてくださるはずです！　キオ様、私たちの誇りを、宇宙から無くさないでください！」

ナミだった、血を吐《は》くような言葉が、キオの鼓膜《こまく》に突き刺さる。

その言葉が心を震わせ、キオは愕然《がくぜん》として、操作盤に伸ばした手を止めた。

と、熱いジャム入りの紅茶を啜《すす》っていたテレーズが、追い討《う》ちをかけてきた。

「キオ、意地を張ってる場合じゃないよ。君がお父上の生き方を嫌っているのはわかるけど、ああいう人も、宇宙には必要なんだよ。力の論理をひっくり返す、影の力――弱い者が望んでも得られない、そんな力を、君は使うことができるんだよ」

口調こそ少女じみたものだが、その内側に研《と》ぎ澄《す》まされた刃物が隠されているようだ。

キオの顔に、土壇場《どたんば》に追い込まれたためばかりでない汗が噴き出した。

ディスプレイに向けた眼に、減っていく数字が映る。各部隊は指示どおりに機動して、砲火を注ぎ続けているものの、侵入口を広げてくるロッシュ軍の圧倒的な攻撃を受けて、次第に撃ち減らされていく。

数字が、三桁《けた》を切った。あと九九秒。そう考えているうちに、もう九八秒。九七秒。

奥歯が、ぎりりと音を立てた。

気がついてみると、キオは懸命に、その方策を取らなくて済む理由を探している。

勝てる方法があるのに、それを使わずに敗れるのは、裏切りではないのか。自分を信じて、ついてきてくれている後輩たちへの、そしてフェドレンカ研究室を応援してくれている、小国出身の学生たちへの。

父親と同じ道は、死んでも歩むまいと誓っていたキオだが、その意地に彼らを巻き込むことはできそうにない。

「自分の決意を裏切るほうが、僕に期待しているみんなを裏切るよりましか……」

噛《か》み締めた歯の間から、血が噴き出すような思いで呟《つぶや》いて、キオは振り向いた。

「ナミ！　昨日の作戦を実行する。急いで、アキにアクセスしてくれ。リン、思考波変換システムチェック。アキにデータを送り込む。電磁波翻訳《でんじはほんやく》を頼む！」

「は、はいっ」

呼ばれたナミが、弾かれたように立ち上がった。

「ナミさん……ええと、先輩？　いいんですか、彼女に参加してもらって」

転がるように駆けてきた小柄な一年生——ツァオ・リンという少年が、ヘルメットに似た機材を両手で掲げながら、ためらうように訊《き》いてきた。

「ああ……反則ぎりぎりの綱渡りだ。けれど、いまは時間がない。責任は……」

「私が取るから。この際、君たちは何も考えなくていいわ。やっちゃいなさい」

言いかけたキオの言葉をひったくるようにして、テレーズが口を出してきた。

相変わらずの能天気な口調のなかに、底響きのするような重みが籠もっているように思ったのは、キオの贔屓目《ひいきめ》だったのか。

すぐさまにへらと笑って、いつものふわりとした声音に戻った。これだから、この女はどこまで本気かわからない。

「なんかあったら、一緒に罰《ばつ》を受けましょう。一年生が処罰の対象にならないように、私とキオとで防波堤《ぼうはてい》になってあげるって」

一瞬、ひと言言いたいような気が、猛烈に湧き起こる。

しかし、文句をつけるには時間が足りなすぎる。キオは覚悟を決めて、首を大きく縦に振った。それればかりか大急ぎで考えた、言い訳の言葉を口にする。

「大丈夫。ナミは、作戦立案のうえで協力してもらっているだけだ。研究に協力を仰ぐのは、学則でも認められてる。だから心配するな！　とにかく急げ！」

嘘《うそ》は言っていない。学則では、外部の人間に、協力を仰ぐのは許可されている。あくまで研究段階での話で、演習に入ってからは別問題だが、それはこの際、気にしない。

「は、はいっ！」

キオの語気に押されるようにして、リンはヘルメット型の装置をナミの頭に被《かぶ》せた。

同時に端末を引き寄せて、ディスプレイ上に現れた複雑な波型を、制御指令に直して流す。

「ナミっ！　アキの胸に引き込まれた、情報伝達ケーブルに。

「ナミっ！　昨日話したとおりだ。おまえが知っている限りの、ビスティシア流星忍の能力と活動事例を思い出せ！　それをリンが機械語に翻訳して、アキに流してくれる。あとは、アキの光電子脳が星忍のデータを細分化して放ってくれる——時間がない！」

「は、はいっ！」

キオの語気に気圧《けお》されたか、あるいは持ち前の、比類《ひるい》ない忠誠心の賜物《たまもの》か。ナミは頭に付けられた装置を両手で押さえ、脳漿《のうしょう》を振り絞《しぼ》るようにして総動員した記憶を、アキに向けて送り込む。

通常戦力のみで戦われるべき実戦演習に、星忍という影の戦力を導入する——それが、キオが考え出した、逆転の作戦だった。

通常の諜報《ちょうほう》活動ならば、どの研究室でも使う。それは認められているし、諜報活動抜きでの星間戦略などありえない。

だから、ある程度は基本データ化されてすらいる。いままでの戦いでも、諜報活動は戦力として織り込み済みだ。

しかし、星忍は桁が違う。いずれも人類は言うに及ばず、知られている限りのあらゆる知性体の常識を、遥《はる》かに超えた超人揃《ぞろ》いだ。

しかも、投入したデータは、ビスティシア最強の十星忍。なにしろナミ自身が、その一人なのだ。本人が経験してきた記憶なのだから、これ以上確かなデータはない。

そのデータが奔流《ほんりゅう》となって流れ込んだ瞬間、アキは眼を見開いた。

口を半開きにして、体をのけぞらせる。胸の内側に並んだ制御盤が狂ったようにランプを明滅させ、手足が制御を失って、無秩序《むちつじょ》にのたうち出す。

「ア、アキ先輩!?」

仰天したリンが、データ変換する手を止める。

その瞬間、キオが眼を血走らせて怒鳴りつけた。

「大丈夫だ！　ナミの記憶を受け止めて再構成している。だから負担がかかっているだけだ！　こいつはこの程度で壊れやしない！」

「確証があるんですか!?　キオ先輩！」

声を振り絞るようにして、カルロッタが問いかける。

が、キオは叩きつけるように叫び返した。

「そんなものが、あるはずないじゃないか！　でも、こいつは大丈夫だ！」

無茶苦茶を言っている、と自分でも思う。しかし、なぜかキオは、アキを信頼できると感じていた。ルームメイトとして暮らした二年間のうちに培《つちか》った、それは友情に裏打ちされた、確信にも似た思いだった。

そのとき、ケーブルが炎を発した。リンが小さな悲鳴をあげて、ばたばたとはたきにかかる。アキの体より先に、ケーブルの限界がきてしまったようだ。

「ここまでか！」

キオが唇を嚙む。

「充分よ。アキの作業が終わった——何百もの星忍が、仮想宙域に放たれた」

灰神楽《はいかぐら》が立つような騒ぎのなかで、ただ一人冷静なテレーズが言った。

演習場を見据《みす》えている。どこか据わった眼を見てしまい、キオはぞっとした。

そして、気づいた。自分の前にある、大型ディスプレイの右上方。紅く明滅し、急を報《しら》せていたカウンターが止まっている。

数字は、〇〇二。わずか二秒前で、キオの軍団は、壊滅《かいめつ》を免れた。

異変が生じたのは、そのさなかだった。

戦火を交える二つの国の中間宙域に散在する、中小の星間国家群——そのほとんどがロッシュ陣営か、ロッシュ寄りの中立を表示していたのだが、それらの国々が当初はゆっくりと、そして次第に速度をあげて、色を変え出した。

「な……なに!? どうしたのだ、これは!」

西側の操作室で、悠然《ゆうぜん》と構えていたベルグソン教授が、椅子を蹴《け》って立ち上がった。

そのまま両手をついて、ディスプレイを凝視する。大将席についたロッシュの下で、それぞれの担当職務をこなしていたスタッフたちが、突然の変転に泡《あわ》を食う。

「奴ら、ウイルスでも流したのか!? 駄目《だめ》だ! 中間宙域の各国が、次々に離脱《りだつ》している。あからさまに敵対している国もある!」

「畜生《ちくしょう》、裏切りやがって！」

怒声をあげた一人が、拳《こぶし》を操作盤に打ちつけた。憤《いきどお》ったところで、小規模国家群はそれぞれ人工知能が担当している。それも住民や国際情勢、軍事力などを統合した政治判断を行える代物《しろもの》で、一筋縄《ひとすじなわ》でいく相手ではなかったはずだ。

これまでのトーナメントで、ロッシュはあらゆる手段を尽くし、それらの国家を味方につけてきた。

補給を顧《かえり》みずの攻勢も、彼ら傘下《さんか》にある国々が、後背を守ってくれるという確信があってのことだ。それが崩《くず》れたいま、ロッシュは眉《まゆ》を険しくして、状況を解析する。

やがて表示された答えは――。

「ウイルスじゃない。諜報組織を編成替えしたんだ。超人と呼ぶしかない新戦力が中間の国々に潜入して、政治工作をしている」

「そ、それは……反則ではないか!?」

思わず声をあげてしまったベルグソンだったが、すぐさま苦い顔で沈黙し、腕を組みつつ椅子に腰を落とした。

形よく整えた口髭《くちひげ》を震わせて、忌々《いまいま》しそうに吐き捨てる。

「このためにテレーズめ、念を押していったたな。実在する要素なら投入できると」

「ええ、迂闊《うかつ》でした。キオ・カロンは、名だたる星忍の国、ビスティシアの元首位継承者——彼にとっては、星忍は実在するんです。それに、そうか……」

なにやら思いついたらしく、ロッシュの顔に、笑みが広がった。

「ビスティシアが小兵力しかもたないままで、銀河のバランスを保つ天秤《てんびん》と恐れられている理由が、ようやく呑み込めましたよ。表に現れた勢力を、覆《くつがえ》しかねない超人の暗躍《あんやく》か。たいしたものだ。やはりキオ・カロン、ただの秀才ではなかったな」

感心したように言いながら、ロッシュは楽しげな笑みを走らせる。

キオの優勢を予想していた最後の一人が、このロッシュ・ユルフェであった。彼は正統派の用兵を続けながら、あたかも眼の前にキオがいるかのようにして言う。

「けれども、奇道《きどう》は正道《せいどう》に及ばないというのが、僕の考えだ。一時後退し、戦力を再編。各星系には、経済援助の中止、並びに制裁《せいさい》をほのめかして事態を収拾する長期戦だ」

「けれど、長期戦じゃ……」

送り込まれたデータ上の星忍掃討《そうとう》作戦を続けていた女子学生が口走る。

彼女は舌打ちして、幾つかの星間国家を放棄《ほうき》。すかさずロッシュは艦隊を急行させて、その国家からの攻撃を警戒しつつ、在留邦人《ざいりゆうほうじん》を引き上げさせる。

そうと知るなり、キオが陣形を変えた。先ほどの漏斗状陣形を正反対にしたような、ドリルを思わせる陣形だ。

「全門斉射《ぜんもんせいしゃ》！　火力を集中して、主力部隊を突き崩す。任務を終えた星忍は、各個破壊工作。かかれ！」

　ここに至って腹を据えたキオの命令が飛ぶ。光電子脳焼損の危機を脱したアキが、指名された艦隊を手足同然に移動させる。いち早く後退する敵を捉《とら》え、ドリル状の陣形を採《と》った艦隊が、すべての高熱砲を、一点に向けて撃ち放つ。

　ただ一点に向けて放たれた火球は融合《ゆうごう》し合い、巨大な白熱の彗星《すいせい》となって、ロッシュ艦隊に襲いかかった。

「迎撃！　高速艦隊、時計回りに天頂方向から横撃だ！」

　ロッシュもまた反撃する。巨大な演習場はめくるめく閃光《せんこう》に満たされ、観客たちは異様な戦慄《せんりつ》を感じたまま、席を一歩も立てずにいた。

　その夜、ラミア寮の学生食堂は、常にないほどの喧騒《けんそう》に満たされた。

　酒が入る前から、箍《たが》が外れたようなはしゃぎぶりを見せているのは、日頃は先輩たちに気を遣って、小さくなっている一年生たちだ。その一年生に囲まれて、二年生が二人。

　一人はやや長身の少年で、もう一人は白い、特殊セラミックの体をもつ少女。

　キオ・カロンとアキ・リリスである。

　そして、二人の間に挟まれるようにして、もう二人の少女が座っている。

　ラミアの寮生ではなく、アムラフ星間大学の学生ですらない。それでいて、今回の奇跡的な逆転劇の最大の功労者――そう呼んでも過言ではない、ビスティシアの星忍ナミ・ナナセと、彼女に護衛される立場の巫女《みこ》少女、フィアールカ。彼女は澄んだ水色の髪を煌《きらめ》かせ、心の底から幸せそうに、頰《ほお》を桜色に染めている。

フィアールカの隣で、ナミはキオの体温を肌に感じながら肩を縮めていた。

そんな彼女を、キオはどう扱っていいのかわからないまま、もてあました様子でいる。

そして、もう二人。

「で、どうしてここにいるんです？　ロッシュ先輩と、ユン先輩」

ナミから視線を剝《は》がしたキオが、湿度の高い声で言う。そのキオに、食堂の大半を占めるほど詰めかけていた女子学生の大軍から、殺意すら籠もった視線が向けられる。

「……はい、ごめんなさい。僕が悪かった」

娘たちの敵意を籠めた視線に耐えられる男など、いるはずがない。

首を縮めて謝るキオを、ナミが見上げてきた。

「キオ様、そんなにへりくだられなくても。キオ様は、毅然《きぜん》としていらっしゃらなければ。あんな女たち、なんだというんです」

命知らずなことを口にするナミを、キオは慌《あわ》ててたしなめる。

「おいっ、めったなこと言うな。あの娘たち、おまえが先輩とデートしたからって殺気立ってるんだ。下手なこと口走ると、おまえ本当に死ぬ目に遭《あ》うぞ!?」

「デートですって!?　とんでもないです！　あたしは、キオ様だけと……」

言いかけたナミが、慌てて口を押さえた。訝《いぶか》しげに首を傾《かし》げたキオを後目に、ロッシュが苦笑して手を振った。

「許してやってくれ、カロン君。彼女たちは、僕を慰《なぐさ》めようとしているんだ。それに、僕が参加したっていいだろう？　今日はどちらが勝ったわけでもない。引き分けだよ」

ロッシュの言葉に、キオは初めて表情を緩《ゆる》めた。

安堵《あんど》が顔一杯に広がって、心からほっとした顔で言う。

「そうですね……引き分けできてよかったです。僕の首も繋がりました」

つい先刻、キオの退学を取り消すという通達が、大学本部からもたらされたのだ。

ロッシュの言うとおり、星間戦略学部、今年の準決勝は、結局は勝者なしに終わった。

《星忍》という常識外れのデータを持ち込んで、大逆転を果たしたキオだったが、最終的な勝利を得るまでには至らなかったのだ。

ロッシュが組み上げた兵力の厚みは、圧倒的なものだった。アキが構成したデータ上の《星忍》はロッシュの総旗艦を目指したが、ロッシュはすぐさま防衛網を組み上げ、守りを固める一方で、高速艦隊をもってキオ陣営の中枢《ちゅうすう》を衝《つ》いた。

膠着消耗戦《しょうちゃくしょうもうせん》に陥《おちい》った両軍の有様に、教授会による統監《とうかん》はこのままでは両軍の被害が大きくなりすぎると考え、講和を強制。準決勝のもう一方の勝者が勝ち目なしと見て棄権《きけん》したため、両者優勝という形で決着したのである。

だから、一方の指揮官であるロッシュがフェドレンカ研究室の祝賀会に出ていても、筋が通らないこともない。しかしキオはそれよりも、大学に残れることが嬉しかった。

喜びを噛み締めながらも、キオは心配そうな顔をロッシュに向けた。

「けれど、先輩。ベルグソン教授は研究室に引きこもったままだというし、スタッフもみんな意気消沈《しょうちん》しちまって、祝賀会どころじゃないって話じゃないですか」

「だから、ここに来たんだ。辛気《しんき》くさいのは嫌いでね」

あっさり切り返されて、キオは言葉を失った。

追い討ちをかけるように、ロッシュは傍《かたわ》らで飲んだくれているテレーズを指差した。

「それに、フェドレンカ教授にも許可を貰《もら》った。参加させてくれても、いいと思うな」

「は〜い、私が認めましたぁ」

数本の酒瓶《さかびん》を抱えたまま、テレーズがひらひらと手を振った。

「いいじゃない、キオ君。いまだから言うけれど、ナミちゃんを操作室に入れたことで、ベルグソン爺《じい》さん、大変だったんだよぉ。それを、ロッシュ君が有効な戦術を見出せたのだから多少の違反は目をつぶるよう言ってくれてさ。合法との結論を勝ち取ったんだ。彼が塩を贈ってくれたのも確かだかんね。認めたげなさい」

ひと息にまくしたてて、一人で笑い転げる。

もうできあがっている担当教授を前にして、キオは両手をあげるしか仕方ない。

「教授が認めてるなら――いいです。どうぞ、祝ってください」

「えー、では大将のお許しも出たことですし、不肖《ふしょう》わたくし、カルロッタ・イアッチーノが、乾杯の音頭《おんど》を取らせていただきます」

フィッシュボーンの髪を揺らして、カルロッタが立ち上がった。

片手には、果実酒を表面張力で盛り上がるほどに注《つ》いだジョッキ。周りの学生たちを促《うなが》して、まだグラスを持っていない者の前に、酒やらジュースやらを注がせていく。

全員に行き渡ったと見て、思い切り声を張りあげる。

「とにもかくにも、優勝ですっ！　これも、キオ先輩とアキ先輩のおかげ、そして常識をわきまえない我らが指導教授、テレーズ先生のおかげです！　感謝を籠めて、乾――ぱぁいっ！」

微妙な気合いを籠めて、カルロッタは酒のジョッキを、高々と差し上げた。

その拍子《ひょうし》に、勢いよく波打った果実酒が、芳香《ほうこう》をあげて飛び散った。しかし意に介さぬ元気な叫びに、全員が勢いよく唱和《しょうわ》した。

そして、宴《うたげ》が始まった。

全寮を揺るがすほどの喧騒が、食堂から響いてくる。宴の開始から、早くも二時間余が過ぎた夜半過ぎ。それでもまだまだ、勢いが衰《おとろ》える気配はない。

「いいなぁ、フェドレンカ研究室の奴ら。今日は朝まで呑み倒しだな」

個室から出てきた学生の一人が、食堂の方を見やって呟いた。どうやらトイレに起きただけらしく、肩を縮めて歩いていく。

と、その背後に朧《おぼろ》な影が立ったのに、学生は気づかない。首筋に伸びた指が急所を突き、一瞬のうちに、不運な学生は全身を硬直させて立ち竦《すく》んだ。

その耳元に口を寄せ、影は冷え冷えとした声音で問いかけた。

「ビスティシアの元首継承者、キオ・カロンの部屋はどこだ？」

その声音は、痺《しび》れた脳に食い入って、強引に答えを紡《つむ》がせる。

「三階の、三二七号室……」

「その部屋に、若い娘がいるか」

続いて吹き込まれた質問に、学生は眼を見開いたまま、ぎくしゃくと頷《うなず》いた。

「いる。イシス寮で大立ち回りした黒髪の女と青い髪の女……キオとアキが引き取った」

「アキだと？」

不審《ふしん》げな声を発した影に、もう一つの影が近づき、囁《ささや》いた。

「キオ・カロンの同室者です。人工知能をもつ女型機械人間とか」

「ロボットか。ラムティアやビスティシアでは、機械にも人権を認めているというな」

興味なさそうに言った影が、もう一度学生の首筋を軽く突く。と、学生はその場にぱたりと倒れ、深い眠りに落ちた。

それきり、影は学生など眼中にないとばかり、静かに腕を回した。

その動きに応じて、幾つもの影が四方に走る。

「艦艇群はこの区画を包囲し、掩護《えんご》せよ。標的を逃してはならぬ。なしうれば打撃艦隊が来る前にジェルトヴィアの密使を奪い、キオ・カロンを捕らえよ」

「了解」

風のような答えが流れ、その影は口元に、笑みを浮かべて呟いた。

「戦うだろうな、星忍——十星忍の一人と戦えるなど、幾度もないことだ。落胆《らくたん》させるなよ。この《火龍《サラマンディル》》エトガーは、少しばかり手強《てごわ》いぞ」

不敵な笑みを浮かべて、エトガーは跳んだ。目指すは、キオとアキの部屋。

その部屋めがけて、エトガーが振り下ろした右手から、鮮やかな火焔《かえん》が放たれた。


乾杯から二時間が過ぎ、酔《よ》いどれ騒いでいた参加者たちにも、優劣《ゆうれつ》の差が現れてきた。

真っ先に盛り上がっていたフローラやカルロッタが、すでに撃沈されている。アキはもちろん酔うはずもないのだが、どういうわけか眼を据わらせて、ロッシュ親衛隊の女子学生たちに絡《から》みまくっている。

そしてフィアールカは、ユンの膝《ひざ》を枕にして、気持ち良さそうに寝入っていた。

そのユンは、困ったような顔を見せながらも、端然として姿勢を崩さない。武術家らしい鋭い視線を、変わらず四方に注いでいる。酒も最初の乾杯のみで、それ以後はジュースしか口にしていないようだ。

ごく少数の者以外は、歓喜《かんき》に若いエネルギーを爆発させている。その煽《あお》りを食った食堂内は、落花狼藉春爛漫《らっかろうぜきはるらんまん》。高歌放吟《こうかほうぎん》する一方で、なにを間違えたか同じ酔っ払いに人生相談を吹っかけて、二人して沈め合っている奴もいる。そして、ロッシュとの対戦を嫌って棄権を主張し、敵前逃亡《てきぜんとうぼう》したフェドレンカ研究室の先輩たちも、いつのまにかやってきて、酒池肉林《しゅちにくりん》のなかに加わっていた。

そんななか、キオはナミを伴《ともな》って、テラスに出ていた。

人工の大気に人工の気象、人工的に増幅された太陽光で快適な環境を作り出している学園星は、この季節には多くの居住惑星で見られる初夏の気候に調整されている。昼間はやや汗ばむこともある気候が、夜半を過ぎたいまは心地よい。キオは夜風に顔を向けながら、眼を細めて言った。

「少し酔ったかな。先輩たちも初めから来ればよかったのに。誰も責めやしないって」

「キオ様は、お優しいから……でも、だからみんな、ついてきたんだと思います。フローラさんも、リンさんも、カルロッタさんも。それに……アキさんも」

そこまで言って、少しだけ唇を噛む。

瞳を沈ませたナミに視線を向けて、キオはほのかに微笑《ほほえ》んだ。

「アキはね――なにを考えているのか、正直わからないんだ。機械人間に限らず、人格付与型《ふよがた》自律ロボットが完全な権利を獲得している星の出身で、あいつ自身も、製作者に支配されてるわけじゃないって言ってるし、それは本当だと思う。けど、なんというか、その、なんだか機械人間らしくないところがあってさ」

「それは、キオ様。素性《すじよう》が知れないということですか？　そんな人をお側に置いて、万一のことがありましたら」

弾かれたように顔を上げるナミを、キオは苦笑しつつたしなめる。

「それはないな。あいつは隠し事ができる奴じゃない」

苦笑して、キオは星空に顔を向けた。人工的な大気を透して、真砂《まさご》のごとき星が降ってくるようだ。

「……僕が飛び級して大学に入ったのは、できるだけ早く、親父から離れて独立したかったからだ。だから、相当無理していた。あいつは、そんな僕を心配してくれて、なにくれと話しかけてくれたんだ」

「キオ様……クリュス様は、キオ様のことを、決して嫌ってはいませんでしたよ」

ナミは一世一代の勇気を奮《ふる》って、小さな声で言った。

言ってから、後悔した。

家臣の身で、差し出がましい口を利《き》いてしまった。キオ様に嫌われても仕方ない。そう覚悟したが、案に相違して、叱責《しっせき》は降ってこなかった。

ただ、キオは寂しげな眼を夜空に向けているのみだ。両腕を手摺《てすり》にもたれさせ、嘆息《たんそく》しながら言葉を紡ぐ。

「わかっているんだ。親父は、僕には優しかった。嫌いになれるはずがない」

なんともいえない寂しそうな表情に、ナミは胸を突かれる思いでいる。

口を利けなくなったナミに、キオは独り言のように言った。

「ただ、母さん以外の女の人を、大勢連れてくるのが許せなかった。それじゃ、母さんが可哀相《かわいそう》だ。僕にとって、親父を愛することは、母さんへの裏切りに思えたんだ」

「キオ様、それじゃ……」

何も言えなくなったナミが、辛うじて口を開いた。

キオは頷いて、仕方がないと言わんばかりの口調で言う。

「演習場で、小国出身のみんなが応援してくれて、気がついた。僕は、親父の節操《せっそう》のないやり方は好きじゃない。でも、認めなければならないと思った。小国にとっては、他にやり方はないんだって……」

「それじゃ、キオ様……御館様《おやかたさま》の跡を、継いでいただけますか？」

すがるような口調で訊《き》いたナミだったが、キオは微笑しながらかぶりを振った。

「それは、できないな……僕には、親父と同じ道を歩めないよ。テゴス兄さんの方が、向いている。そう思うよ」

「テゴス様なんて！　あたしは、キオ様でなければ駄目だと思います！」

思いがけなく強い口調で、ナミが声を張りあげた。

驚いたキオが、眼をしばたたく。そして不審《ふしん》そうな眼で、口調を改め、問いかけた。

「あのさ、ナミ――なんか僕に、伝えることがあったんじゃないのか？」

その言葉を耳にした途端に、ナミはばね仕掛けのように顔を上げた。

そして眼を一杯に見開いて、躍起《やっき》になって首を振る。

「と、とんでもないです！　そんなことないです！」

懸命に否定すればするほど、なにかありますごめんなさいと行間の声が、体全体から聞こえてくるようだ。

もう一つ溜息《ためいき》をついて、キオは妹をたしなめるような口調で言った。

「イシス寮で逢《あ》ったとき、僕は昔馴染《なじ》みのおまえに逢えて、嬉しいだけだった。でも考えてみれば、俺に逢うためにだけくるような女じゃないってことくらい、わかるはずだった。おまえはいま、フィアールカを護衛しているんだろ？」

問い詰められては仕方なく、ナミはこくりと頷いた。

キオは、困った顔でさらに言う。

「だったらまず、目的地に急ぐはずだ。そうじゃないってことは、理由は二つだけ――親父の命令か、そうでなければ緊急の用件があるかのはずだ。どっちなんだ？」

「いえ、あの……それは……」

肩を縮めて口ごもる。なにかありますと、言っているようなものだ。

艶《つや》のある漆黒の髪が、うつむいた顔を隠している。なんとなく苛《いじ》めているような気分になって口をつぐんだキオが、心を鬼にして言葉を継ごうとしたとき。

「何かを隠しているのは確かだと思うよ。だが、無理に聞き出そうとするのはどうかな」

思わぬ声が、キオの鼓膜《こまく》を震わせた。

吐息《といき》をついて体ごと反転させ、テラスの手摺りに背をもたれさせる。キオは横棒に両手の肘《ひじ》を載せたまま、困った顔で問い返す。

「先輩……なんて格好ですか」

どこから引っ張り出してきたのか、ロッシュは妙な衣装をつけていた。通気性の良さそうな前合わせ式の衣服で、裾《すそ》が足元まであるものだ。袖《そで》がたっぷりと余裕を取ってあり、幅のあるベルトで腹の辺りを締める。それも馴染みのあるベルトではなく、適当に結んで留めるという、いたく自由度の高いものだった。

キオは、その衣装を知っている。ビスティシアでは時折見られたもので、彼らの先祖が暮らした星――地球と呼ばれる星の、ニホンという国の民族衣装。それもたとえば夏の夕涼み、くつろいで身につける、ユカタという代物《しろもの》だ。

　もっとも、キオとて正式な着付けは知らない。ましてロッシュには知りようもないらしく、全体に着崩れて、美しくも逞《たくま》しい肩も胸もはだけまくっている。

　アムラフ星間大学きっての貴公子、ロッシュとは思えない、あられもない格好だ。

「いつもの先輩はどこに行ったんです。女の子たちが見たら泣きますよ」

「ユンのを貸してもらった。貴族的なだけでは、ラムティアの幹部は務まらんのだよ。それに女の子たちは、リリス君が足止めしている。問題なしだ」

　あっさりと言ってのけ、ロッシュはグラスの酒を口にした。その仕草には、それはそれで妙な色気がある。どんな格好でも、絵になる男ではあった。

「君はナミ君に対して絶対の優位にある。その権威《けんい》にものを言わせれば、結局は彼女は言わざるをえない。だが、それで君の、指導者としての器《うつわ》がどう評価されるかな？」

「勝手に決めつけないでくださいよ。僕は、指導者になる気はないんです。そんなの向いてませんし、親父の後継ぎには兄がいるんですよ」

　ロッシュの言葉が、キオの心の急所を突いた。母親への想いが生んだ父親への反感と母星の生業《なりわい》への劣等感。そういった諸々の要素が、吹き出してしまったようだ。

　その語気に自分で驚いたが、もう止められない。

「僕は、ナミを部下だなんて思ってないです。こいつは、子供の頃一緒に暮らしていたんですよ。こいつは、友人です。だから、妙な気を遣ってほしくないんです！」

思わず声を荒げてしまってから、キオははたと気づいて、傍らを顧《かえり》みた。

気になったのだ。再会を果たしてこのかた、ナミは懸命に、キオを立てようとしている。キオ自身にはその気がないが、ナミがそのつもりでいる以上、あからさまに否定しては、ナミを傷つけることになるかも知れない。そんな危惧《きぐ》が、頭をよぎる。

案の定というかなんというか、ナミは手摺を固く握り締めたまま、うつむいて唇を噛んでいた。

柔らかい頬の線に沿って、透明な雫《しずく》が後から後から流れ落ちる。声を立てまいと堪《こら》えながら、堪えようもなく泣き続けるナミの姿に、キオは度を失った。

「ナ、ナミ。泣くなよ。俺は、なにもおまえを否定したわけじゃなくて、ただ親父の後を継ぐのはちょっとと思うから、だから……」

――なぜこんなに、躍起《やっき》になって言い訳しなきゃならないんだ。

そんな思いが頭をかすめるが、目の前で流れる少女の涙には、小賢《こざか》しい思いなど吹き飛ばしてしまう力がある。泣き止む気配のないナミに、キオは助けを求めて、あたふたと周囲を見回した。

そんなキオを止めようとするかのように、ナミが泣きながら口を開いた。

「違うんです……あたしは、キオ様に友人なんて思っていただくような、そんな資格はないんです。クリュス様の一番大切なときに、お側にいなかったんですから」

「な、なに？　なんのことだ!?」

泣きながらナミが洩《も》らした言葉に、キオが顔色を変えて問い返したときだった。

その横顔を、白い閃光が打った。

「えっ!?」

その輝きに異常なものを感じて、キオは眼を見開いた。

次の瞬間、轟然《ごうぜん》と響いた爆発音が鼓膜を震わせる。愕然《がくぜん》としたキオの瞳に、白熱の炎を吹き出すラミア寮の、窓の一つが焼きついた。

三階の一角、三二七号室。キオとアキが暮らしてきた、二ＤＫの二人部屋だ。

「俺たちの部屋が……誰の仕業《しわざ》だ！」

思わず声をあげたキオを後目に、ロッシュが立ち上がった。

つい先刻までとは人変わりしたように、表情が引き締まっている。緩んでいた帯を締め直し、底響きのする声をあげて、ユンを呼んだ。

「ユン！　学生本部を通じて警備部に緊急報だ。学園星に侵入した奴らがいる。それも、かなりの勢力だ」

ユンが膝を立てた。眼を半眼にして気配を探りつつ、ナミに顔を向けてくる。

「ナミさん、貴女《あなた》のお客じゃないか？　キオ君の部屋が爆破されたとなれば、そう考えるのが妥当《だとう》だ。狙《ねら》いはおそらく……」

「そうです、おそらく——あたしというより、フィアールカさん……だと思います」

泣き腫《は》らしていたナミが、さすがに涙を止めた。歯を噛み締めるようにして、左半身の構えを取る。腰に当てた右手に、分子振動刀の刃《やいば》が、魔法のように現れた。

ユンの手にも、粒子剣《りゅうしけん》の柄《つか》が握られる。膝に頭を載せたまま、穏やかな顔で寝入っているフィアールカを左手で抱き上げ、食堂内を見渡した。

その視線を受け止めたのは、眠そうな眼を開いたテレーズだ。

「んあ？　なに、どうしたの？」

状況を把握《はあく》していないらしく、ぼんやりとしたままのテレーズに、眠っているフィアールカを押しつける。

「何者かの侵入です。教授、彼女を頼みます。それと、みんなの避難《ひなん》を。私たちは警備陣を動員して、迎撃に出ます。サポートは」

巡らせたユンの眼が、アキに止まった。

他の全員ができあがってしまっているのに、アキは元気だ。もともと酩酊《めいてい》する部分がない機械だから当然だが。

この娘に手伝わせよう。そう考えたユンが言葉に出すより早く、アキが不敵な笑みを浮かべて言った。

「おっと、私は、避難誘導役にはもったいないわよ。これでも実は、戦闘型だったりするんだから。ユン先輩、ナミさんと私とで、結構戦力になると思う。ロッシュ先輩、私も、キオが狙われてると思うから、一つ後輩を助けてくださいな」

そうそぶきながら、片眼でウインク。ごく軽い動作だけで、背面跳びに舞い上がり、天井《てんじょう》すれすれに飛翔《ひしょう》して、鮮やかに着地を決める。

そこは、キオとナミが立ち尽くしたままラミア寮に眼を向ける、テラスの上だった。

食堂は寮からやや離れて設置されている。そのために直接の被害は受けなかったが、燃え盛るラミア寮の惨状《さんじょう》は、はっきり見て取れる。

炎上する寮からは、ようやく騒ぎに気づいたのだろう。学生たちが逃げてくる。どうやら最初の攻撃は、キオたちの部屋に限ったようだ。誰の仕業にしろ、無差別の破壊を繰り広げるつもりはないということか。

少々ほっとしたキオの注意を促すように、ナミが叫んだ。

「キオ様、ロッシュ様！　あそこです！　私たちを探しているんです！」

ナミが指差す先に、逃げ出す学生たちを一人ずつ昏倒《こんとう》させ、面体を改めている一群の人影が見えた。

光沢を放つ黒い軽甲冑《けいかっちゅう》に、ミミズクを思わせるヘルメット。これも黒いバイザーを下ろしているため、顔立ちはわからない。が、そのコスチュームを、ナミは知っていた。

「フォイアフォーゲルの特戦部隊、その戦闘影士です！　皆さんでは無理です。あたしが行きます！」

言うが早いか、ナミは床を一蹴《け》りして跳んだ。

鮮やかな飛翔を見せて、炎上する寮の間際へ。分子振動刀が唸《うな》りをあげて、いましも学生を打ち倒した一人の黒ずくめを、真っ向から斬《き》り割った。

「ナミ！」

叫んだキオの手を、アキが掴《つか》んだ。少年じみた凜々《りり》しい顔に笑みを浮かべて言う。

「幼馴染みだろうとなんだろうと、いまの彼女には、あんたが必要よ。キオ、行く？」

問われて、キオは一瞬、ためらった。

ここで駆け出せば、父親と同じ道に足を踏み入れることになる。

そんな考えが頭をよぎったが、その考えを、歯を食いしばって振り捨てる。

「あいつは、僕の友だちだ――一人だけ戦わせておくなんて、できるわけない！」

「上等。なら、行くよっ！」

笑みを迸《ほとばし》らせたアキが、凜《りん》とした声とともにキオの体を横抱きにする。そのまま連れ去られそうになって、キオは慌てた様子で身をよじりながら言った。

「待って、アキ。教授！　ロッシュ先輩に伝えてください。相手は戦闘のプロです。先輩たちでも、まともに戦っても勝負になりません！　だから……」

この距離なら大丈夫とは思うが、相手は名にしおうフォイアフォーゲル帝国の戦闘影士だ。用心しすぎることはない。

だから、自分の声で伝えるのは断念した。アキに顔を寄せ、囁《ささや》くようにして告げる。

「アキ、今から言うことを、テレちゃんの携帯端末に送ってくれ。ロッシュ先輩に伝えてくれるように……集束通信で、傍受《ぼうじゅ》されないように！」

「？？？——ええ!?　うん、わかった！」

勢いよく顔を頷かせたアキに、キオは大急ぎで立てた作戦を早口で伝え、それを体内の通信機能を立ち上げたアキが、テレーズの携帯端末に送る。

小柄ながらゆたかな女性教授の胸元で着信を知らせるチャイムが鳴った。張りのある乳房を揺らし、その谷間から抜き取られた携帯端末を眺めたテレーズが、眼を瞠《みは》って覗《のぞ》き込み、まもなく満足そうにVの字サインを突き出した。

「これでいいよね。行くよ、キオ！」

テレーズの反応を横目で確かめ、アキは今度こそキオを抱き、高々と跳躍《ちょうやく》した。

目指すは、ナミが奮戦を続けるラミア寮の炎上現場。

キオは眼を逸《そ》らせ続けていた自分本来の姿をはっきりと見つめ、その姿を隠さずに、ナミに応えようと決めていた。

第六章　星間の戦姫

アムラフ星間大学の運営本部は、この惑星の、絶対南極点に設けられていた。

教育機関であるからには、表立った武力は保有できない。各学部の学生たちが自由な研究環境と潤沢《じゅんたく》な資金にものを言わせ、好き放題に開発している新兵器の恩恵《おんけい》を蒙《こうむ》って、並みの星間《せいかん》国家より遥《はる》かに強大な防衛力を備えていることもあり、人工知能で統括《とうかつ》される無人の小型高速艦一二隻《せき》の戦隊を、四個戦隊まとめた宙雷艦隊《ちゅうらいかんたい》が、学園星のもつ公的な武力である。

いままではその程度で充分だったのだが、今回は勝手が違っていた。

就寝中を急遽《きゅうきょ》呼び出された学長、ハッサン・アフメッド博士は、公務用のスーツに着替える間ももどかしく、制御室に駆けつけた。

「状況を伝えてくれ、ケルレルマン教授。どうなっている」

身長一九〇センチと長身だが、その分鶴のように痩《や》せている、まさに老碩学《ろうせきがく》といった様子の学長に、通信ディスプレイから緊急報告をかけてきた星間戦略学部長ユジェーヌ・

ケルレルマンが、難しい顔で髭《ひげ》を捻《ひね》りつつ言った。

『フォイアフォーゲル帝国特戦部隊が侵入いたしました。本学に不法潜入《せんにゅう》したビスティシアの工作員、他一名――さらに本学の学生一名を引き渡すよう、要求しております』

「フォイアフォーゲル軍か。ケルレルマン教授、ビスティシアの工作員が潜入していたとは、どういうことです」

『相手は名だたる星忍《せいにん》ですよ。彼らの技をもってすれば、我が警備網をかいくぐるのも不可能ではありますまい。現にフォイアフォーゲル軍が、こうして侵入しております』

もう一度髭を捻ったとき、ケルレルマン教授の背後に駆け込んできた学生が見えた。

何者か、長身の女性が、その傍《かたわ》らで背を反《そ》らしている。振り向いた教授は、二言三言会話して、嘆息《たんそく》しつつ向き直った。

『当事者が、事情説明に見えました。学長、お話しいただけますかな』

一瞬、学長はためらった。しかし、すぐさま頷《うなず》いて、決然とした眼を向ける。

「よし、話しましょう。出してください」

ケルレルマンに場所を譲《ゆず》られて、その女性がディスプレイの正面に立った。

銀色の髪が美しい、氷のような印象の美女だ。肉体の線が露《あらわ》に浮き出す戦闘スーツに身を包み、秀麗《しゅうれい》な顔を引き締《し》め敬礼する。

『学長閣下《かっか》、私はフォイアフォーゲル帝国宇宙軍、皇帝軍令本部直属の特戦軍第三機動軍参謀《さんぼう》、エーディット・シグルスと申します。少佐《しょうさ》の階級を得ております』

冷徹《れいてつ》な印象は受けるが、フォイアフォーゲル軍人にありがちな、傲岸《ごうがん》な印象はない。ややや好感を覚えた学長だが、個人としての好悪は、公務とは無関係だ。非難すべき点がある以上、毅然《きぜん》として問いかける。

「エーディット少佐、貴女《あなた》は不法侵入、破壊行為、本学学生を危険に晒《さら》すなど、多くの犯罪を犯している。直ちに退去を要請《ようせい》する」

『その要求には従いかねます。ビスティシアは銀河に仇《あだ》なす犯罪国家。我々が追跡しておりました凶悪犯が、貴大学に逃走しました。一刻も早く捕らえねば、貴学にも危険が及びます』

冷徹な口調で言うエーディットを、学生警備隊が包囲している。

しかし、エーディットは意に介する様子もなく、冷然として告げた。

『我々は、その犯罪者を逮捕し、並びにビスティシア元首の嫡子《ちゃくし》を参考人として確保せねばなりません。貴学は治外法権であり、容疑者以外に危害を加える気はありません。ですが、やむを得ず爆破した犯罪者の隠れ場所ですが、学生には死亡者はありません。ですが、抵抗されればその限りではありません。抵抗なさらぬようにお願いいたします』

それだけ言って、エーディットは敬礼した。学生たちを気にする様子もない。

学長の眉《まゆ》が、怒りに吊《つ》りあがる。だが、そのとき歩み寄った職員が耳打ちした。

「イシス寮《りょう》寮長、ロッシュより連絡がありました。ビスティシアより留学中のキオ・カロンは無事です。同室のアキ・リリスとともに、救助活動にあたっているとのことです」

「ふむ。彼は、なにか言っておったかね？　その……ビスティシアの犯罪者とやらが侵入したとか」

「いえ、そのようなことはなにも。学長、いかがなさいます」

職員たちの視線が、ハッサン一人に集中した。

額に深い皺《しわ》を刻んだ老学長は、苦虫を噛《か》み潰《つぶ》したような顔で考える。

そして数瞬の後、断腸《だんちょう》の思いといった顔で告げた。

「止むを得ん。キオ・カロンについては、本学では庇護《ひご》できん。幸いといってはなんだが、この学生は総合議会の要請《ようせい》を受けて退学してもらうよう、通告してあったはずだ。その処置を前倒しして、すでに本日付で本学の学籍を離れた――そう記録したまえ」

「しかしフェドレンカ教授より、この学生がベルクソン研究室との演習に勝利した場合は、学業継続を認めるように申請《しんせい》が来ております。それを……」

「うむ……劣勢を跳《は》ね返し、引き分けに持ち込んだのだったな。それほどの人材、手放したくはないが……」

苦悩の色を見せる学長が、何かを思いついたらしく、頷いて言った。

「ならば、本人の願いにより休学としたまえ。これなら本学の管理は離れるし、もし生き延びていれば、将来本学が権利を主張できる。そうだ、それがいい」

あからさまにエゴイスティックな発想だ。さすがに職員は、鼻白《はなじろ》んだ表情を見せる。

「学長、それはあまりに……」

「わかっておる。だが、いま表立って、フォイアフォーゲルと事を構えるわけにはいかん。いまは、手が出せんよ。その学生には気の毒だがな」

口で言う割にはさほど気の毒そうな顔も見せず、老学長は白い髭を撫《な》でる。

と、そこにもう一つ、新しい情報が飛び込んだ。

「学長！　本学の銀河絶対座標四七度二〇分方向、相対水平角八二度三四分、四光分宙域に大規模な艦隊を確認。フォイアフォーゲル宇宙軍、第一二打撃艦隊と判明しました」

「戦闘艦隊か。これは、脅《おど》しをかけてきたと見てよかろうな……本学の最新装備と、正面きって戦うつもりはあるまい。だが、場合によっては戦闘も辞さんということだ」

渋面《じゅうめん》をつくって口をへの字に曲げ、老学長は短く命じた。

「全学警戒態勢。彼らが一般学生を傷つけるようなら、反撃を許可する。だが、キオ・カロンのみをターゲットとするなら、手出しは許さん。全学生に徹底《てってい》させよ」

「学長、それでよろしいのですか!?」

駆けつけた事務長が、表情を歪《ゆが》めて問いかける。ディスプレイに映る画面が、学園星の上空に配置された偵察《ていさつ》ロボットのものに切り替わり、燃え盛るラミア寮と、その炎に照らされた異形の者たちが、渡り合う光景が映された。

何かを韜晦《とうかい》する表情を見せたまま、学長は燃え盛るラミア寮の映像を眺《なが》めた。

やがてとぼけた声が、白髭に彩《いろど》られた口から紡《つむ》がれる。

「会計部に、損害費用を請求するように指示しておきたまえ。寮の再建費と、自室で研究していただろう学生への補償《ほしょう》、それに前途有望な学生を、理不尽《りふじん》な要求で失ったことによる、本学への賠償《ばいしょう》——さぞふんだくり甲斐《がい》があろうな」

その瞬間、本部に詰《つ》めた職員たちの眼には、学長の姿が学界の重鎮《じゅうちん》というよりは人の不幸を楽しむ悪魔に見えた。

学長の内面は、しかし職員たちには窺《うかが》いようもない。老学長は口の中でなにやら計算を続けながら、現場中継を続ける衛星画像を眺めている。


学長からの指示が伝えられたとき、ユンは力場甲冑《りきばかっちゅう》を纏《まと》って粒子剣《りゅうしけん》を振るい、襲撃者と戦っている最中だった。

学生界最高の剣士を前にして、名だたるフォイアフォーゲル軍特戦部隊員たちも、迂《う》闊《かつ》には手を出せずにいる。すでに二人ほどが傷を負って後退し、三、四人が分子振動刀を構えつつ、対峙《たいじ》の形を取っていた。

襲撃してきた側も、ユンが学生と知っている。積極的に襲うわけでもなく、足止めに徹しているようだ。だからユンもまた、斬《き》って出るわけにはいかなくなっていた。

それは、ロッシュも同じことだ。学生自治会に連絡し、警備部の猛者《もさ》たちを呼び寄せたものの、彼らは所詮《しょせん》、素人《しろうと》だ。実戦を潜《くぐ》り抜けてきた特戦隊と、まともに戦っても勝ち目は薄い。むしろ、ユンが特別なのだ。

それがわかっているから、ロッシュも手を出しかねている。

碧《あお》い瞳に焦慮《しょうりょ》を宿し、歯噛《はが》みするロッシュの背後、学生たちを引き受けたテレーズの胸元で、場違いなほど明るい音楽が流れ出した。

ラムティア商業同盟で、抜群の人気を誇るアイドル・ユニット、《アップル・ジャンク》のヒット曲《優しい魔王》のメロディだ。耳障《みみざわ》りな音楽に、思わずロッシュは、声を荒げて振り向いた。

「教授、なんですか一体、その曲は。場違いにもほどがある……どうしたんです？」

鬱憤《うっぷん》を晴らそうとしたロッシュが、気勢を削《そ》がれて問いかけた。

テレーズがあどけない顔で携帯《けいたい》端末を取り出し、耳にあてている。その表情が、みるみる曇り、つまらなそうな顔で言ってきた。

「学長は、キオを切り捨てたわ。キオは休学、ナミちゃんたちも本学と関係なしと言ってきた。君たちにも、刃向《はむ》かわないようにってさ」

「なんですって!?　そんな、自分の学生を――」

信じられない、とばかりに口走りかけて、ロッシュは言葉を噛み潰す。

眉間《みけん》に刻まれる、深い皺。怒りを露にするロッシュに顔を向け、テレーズが腕を組む。

「う～ん、学長としてもまあ、悩むことは悩んだんだよ、きっと。国を差し置いて、大学が勝手に、フォイアフォーゲルと戦端《せんたん》を開くわけにはいかないし。けれど、見捨てるのも寝覚めが悪いしね。だからキオ君たちを引き渡せとは言ってないわけ」

「け、けれど……同じじゃないですか、それじゃ。僕らには手出しできないわけだし、あの二人は強いが、多勢に無勢だ。いずれは……」

視線をテレーズとキオたちに振り向けながら、ロッシュは上擦《うわず》った声をあげる。

冗談じゃない、という思いがある。キオは、四年間不敗のロッシュと、初めて引き分けた男だ。兵力に大差があったことを考え合わせれば、実質的には敗北とすら言える。

その好敵手を、こんなことで失ってたまるか。その思いが募《つの》っても無理はない。

と、テレーズが危機感のない顔を寄せてきた。

「だからさ……ロッシュ君。これは、キオ君の提案なんだけど」

そう前置きしてから、柔らかな唇を寄せて、何事かを囁《ささや》いた。

ロッシュの顔に、驚きが走った。

その驚きが、次第に決意に変わる。やがて決然と頷いて、ロッシュは踵《きびす》を返した。

「わかりました、やってみます。準備が整うまで、教授。彼らをお願いします」

ひと息に言って、為《な》す術《すべ》もなく立ち尽《つ》くしていた警備部の学生たちを呼び集める。

その光景を横目に見ながら、テレーズは両手を腰に当て、ひとりごちた。

「さて、お願いしますといったところで、どうすることができるかな、あの連中相手に」

度を超した知能を誇ろうとも、テレーズ自身はかよわい女性だ。

超人的な戦闘力を誇る星忍の戦いに、干渉《かんしょう》できるわけがない。ユンの技倆《ぎりょう》と星間大学の超科学をもってして、辛《かろ》うじて互角の立場に立てる、そんな連中が相手なのだ。

そこで、とりあえず彼女が取った行動は、キオ以外で戦場にある唯一《ゆいいつ》の学生――ユンに向かって、大声を張り上げることだった。

「ユンくーん、撤収《てっしゅう》して！　キオ君たちは、私たちの手を離れちゃったんだよぉ。剣を引いて、下がりなさいーっ」

選《よ》りによって戦っている最中にこの台詞《せりふ》だ。この女もどういうつもりなのか。

「なんのつもりだ、フェドレンカ教授。後輩を見捨てることなどできるものか」

憤《いきどお》りを滲《にじ》ませて、ユンは気合いを籠《こ》める。粒子剣の先端から迸《ほとばし》った剣気に、さしもの手練《てだれ》の特戦隊員が、警戒を滲ませて後ずさる。

しかしユンの侠気《きょうき》を、続くテレーズの台詞が台無しにした。

「ロッシュ君がキオ君たちを逃がす方法を考えてるから、今は退《ひ》きなさいっ！」

がく、とユンの膝《ひざ》が折れた。戦意が薄れたと見た特戦隊員が、頷きあいつつ跳躍した。

一瞬の緊張が切れてしまえば、影士《えいし》を防ぐことはもはやできない。彼らには学生と渡り合う意志がなかった。それが、ユンにとっては幸いした。

黒ずくめの魔人たちが去った後、ユンは気力が尽《つ》き果てたような面持ちで、凝然《ぎょうぜん》と立ち尽くすのみだった。


テレーズの叫びにもっとも衝撃を受けたのは、もちろんキオ本人だった。

「退学だって……!? そんな、退学は撤回《てっかい》したって言ったばかりじゃないか!」

悲痛な言葉を洩《も》らしたキオが、悔《くや》しさに奥歯を噛み締める。

「僕がいるから攻撃されるなら……僕に、犠牲《ぎせい》になれってことなのか」

「キオ様、そんなこと、お聞きになることはないです! キオ様は、学校が出した課題をクリアされたじゃないですか! 拒絶なさってください!」

我が事のように眼を怒らせて、ナミが声を荒げてくる。しかし、キオはもう、抗議する気力を失っていた。

肩を落としたまま、寂しげな瞳をナミに向けて言う。

「結局は、フォイアフォーゲルは親父《おやじ》を恐れているんだ。そして、僕は親父の影から逃げられない……少なくとも、僕がここにいるから攻撃されてるのは確かなんだ」

「そんな、キオ様!」

憤然《ふんぜん》として言いかけたナミの言葉に覆《おお》い被《かぶ》せるように、アキが言う。いつもと違って、すこぶる真剣な面持ちだ。

「こういう奴なのよ、キオは。いま脱出すれば、確かに大学は戦争に巻き込まれない。今のところは、ね」

「え？」

不審《ふしん》そうに眉を顰《しか》めるナミに、キオが苦い口調で、諭《さと》すように言う。

「星間大学の科学力はフォイアフォーゲルにとって有害な代物《しろもの》だ。いずれ、潰しにかかることは間違いない——学長もテレちゃんも、今度の件で腹をくくったろう」

「そして、あんたもね」

にっと笑ったアキの顔に、キオは複雑な顔を向けた。

そして自分に言い聞かせるように、低く言葉を紡いでいく。

「親父も、こんな思いをしてきたのかな……だったら、逃げるより……」

拳《こぶし》を固く握る。爪が掌《てのひら》に突き刺さる。その痛みが、キオが投げ込まれようとしている、底の知れない闇を象徴しているように思えてくる。

絶望に沈むキオの心の中に、もう一つの思いが浮いた。

どうしても逃げられないなら、いっそのこと。

その考えが、しかししっかりとした形を取る前に、ナミが叫んだ。

「キオ様、とにかく私の宇宙艇《うちゅうてい》を呼びます。どちらにしても、ここから離れなければご学友の皆さんが危険です。今は我慢《がまん》なさってください！」

「……わかった」

苦いものを嚙み締めるような思いで、キオは言葉を搾《しぼ》り出す。

星忍を束ねる家系に生まれたとはいえ、彼自身が常人を超える能力をもつわけではない。友人たちを危険に晒すわけにもいかないから、ここはとにかく、離れるしかない。

そのときになって、キオは腹をくくった。演習の前後にわたって、小国出身の学生たちからかけられた声援が、いまさらのように心に響く。

己の力ではどうしようもない頸木《くびき》に捉《とら》われた者たちの、希望に懸ける必死の叫び。

「逃げられないなら——やってやるよ、親父。こっちから飛び込んでやる。こんな理不尽なこと……僕だけでたくさんだ」

自分に言い聞かせるように呟《つぶや》いて、キオはナミに眼を向けた。

「行こう、ナミ。もう怒った。おまえの力を、僕に貸してくれ」

「そ、そんな……いけません！　お貸しするなんて無理です。身分が違いますっ」

ナミの声が、次第にうろたえたものになってきた。

「それに、御館様《おやかたさま》は、もう……」

言いかけて、ナミは口をつぐむ。色白の顔を真っ赤に染め、恥ずかしさを振り払おうとするかのように、上擦《うわず》った声を張りあげる。

「アキさん！　攻撃が集中してきます！　お願いしますっ！」

言うが早いか、跳躍する。炎上するラミア寮を包む炎を震わせて、斬撃音《ざんげきおん》が響き渡る。

交差する剣光が火焔《かえん》を照り返し、飛び違う影の一方を薙《な》いだ。フォイアフォーゲル軍特戦部隊の軽甲冑が斬り裂かれ、体勢を崩した影士が、炎のなかに落下する。

「これで、一七人――さすがフォイアフォーゲル特戦部隊。全員、できる……っ！」

当面の対決に勝利を得たナミが、荒い息を吐《は》いて立ち木の梢《こずえ》に立つ。いずれも腕利《き》きの特戦隊員中、最高の技倆を認められた者が任命される実戦工作員、影士――ビスティシアが擁《よう》した星忍に匹敵する猛者たちだ。

それらを屠《ほふ》ってきたナミである。さすがに疲労して、剣にも微妙なずれが生じている。

彼女が最大の脅威《きょうい》と認めたのか、凄《すさ》まじい質量をもつ分銅《ふんどう》が、唸《うな》りをあげて飛んだ。

重力管制装置入りの分銅だ。単分子ワイヤーで繋《つな》がれた、数トンもの重さをもつ格闘兵器。さらに加えて、無数の手裏剣が放たれる。

そのすべてを、ナミは斬って落とす。片刃の刀が淡い光を放っているのは、微細《びさい》な振動を続けている証《あかし》だ。空中に舞い上がったまま体を旋回《せんかい》させて、集中する攻撃を、ことごとく叩《たた》き落としてみせる。

その奮戦を眼にして、アキが微笑した。

ちらりとキオに眼を向けて、小さく肩を竦《すく》めて言う。

「言うわねー。いまのひと言、ナミちゃんには効《き》いたよ。これであんた、彼女の《ご主人さま》確定ね」

「ほっといてくれよ。もう、逢《あ》うこともないからって、好き勝手言ってくれるなよ！」

憮然《ぶぜん》として言ったキオに野性的な笑みを向け、アキは澄まして言葉を継いだ。

「いいえぇ、たっぷり逢うわよ。私もついていくんだもの」

一瞬、何を言われたのかわからなかった。

眼をしばたたいたキオが、次の瞬間、声を上擦らせた。

「お、おまえっ！　どういうこと言ってるのか、わかってるのか!?」

悲鳴に近い声だったが、アキは平然と頷いて、

「いろいろと役に立つよ。たとえば、ほらこんなふうに」

言うが早いか、炎上するラミア寮の壁に腕を突き込み、赤熱した鉄棒を折り取った。

それを鮮やかに舞わせつつ、地面を蹴《け》って跳躍する。瞳が軽い音をあげて絞られ、センサーを立ち上げる。火が舞い躍る影と、その火焰が起こした風に揺れる梢の端々に人の気配を感知して、唇を舌がちろりと嘗《な》める。

「学生たちに手を出さないのは感心だけど、私たちも、捕まるわけにはいかないの。テレちゃんやロッシュ先輩たちの気持ちを、ないがしろにするわけにはいかなくてねっ！」

紡いだ言葉の最後は、ひゅっ——と風を切る異音となった。鉄棒が旋回し、熱した風が切り裂かれる。その旋風《せんぷう》のなかで金属音が幾つも弾け、火花が炎に吹かれて散った。

特戦隊員が放った手裏剣が微塵《みじん》に砕《くだ》け、地面に、立ち木に突き刺さる。

宇宙艇をも沈めるフォイアフォーゲル軍の武器、反動手裏剣だ。音速すら凌駕《りょうが》するその軌跡《きせき》を見極め、撃《う》ち落としたアキの手練も恐るべし。一瞬眼を奪われたナミに向けて、アキが呼びかけた。

「ナミちゃん、連携《れんけい》！」

「え、ええっ!?」

突然呼ばれたナミだったが、すぐさま体が動いた。

スーツの襟元《えりもと》から、手裏剣を取り出し撃ち放つ。投擲手《とうてきしゅ》の筋力に反応し、その反動で戦闘艇すら貫く反動手裏剣が華麗な弧《こ》を描いて飛んで、木陰の敵を貫き倒す。

「お、おのれっ！」

憤怒《ふんぬ》の叫びをあげた影士が数人、炎を散らせて躍り出た。

「今度は私だ！」

叫んだアキの手で、鉄棒が舞う。理に適《かな》った、自然な動き。閃光《せんこう》とともに千変万化《せんぺんばんか》の変化を見せて、敵がかざした振動剣《しんどうけん》をかいくぐり、続けざまに打ちのめす。

「アキさん、凄《すご》い……」

思わず見とれたナミに向かって、アキは叱咤《しった》の声を叩きつける。

「いまのうちよ！　早く、貴女の船を呼んで！　一刻も早く、この星を離れるの！」

「え、ええっ！」

頷いたナミが、小さく指笛を吹き鳴らす。

「早く来て、《星の魂《スター・スピリッツ》》！」

ナミの叫びを切り裂くように、アキは立ち木を蹴って回転し、キオのもとに着地した。

「アキさん……凄いですっ！」

フィアールカが眼を丸くして、ぱちぱちと拍手してくれた。これだけの立ち回りを見せられて、どうやら酔いも吹き飛んだ、そんな顔でナミを振り仰ぐ。

「ナミさん、大丈夫ですか？」

心から心配そうに呼びかける。と、ナミが顔をほころばせ、空の一角を指差した。

「船が来ました！　アキさん、キオ様とフィアールカを、お願いします！」

「オッケイ！　ね、私も役立つでしょ？」

と、凛々《りり》しい顔を向けてにっこり笑う。その屈託《くったく》のない笑顔に、キオも反論する気力を失った。

「本当に危険なんだぞ。知らないからな、僕は……」

ぶつぶつ言いながら、フィアールカに肩を貸す。その眼の前に、超低空で疾駆《しっく》してきた空色の宇宙艇が、急制動をかけて停止した。

「行くよ、《星の魂》！　キオ様、フィアールカをお願いします！」

呼びかけたナミが、片手を艇の取っ手にかけて、思い切り飛び上がる。

キオが続くが、二人分の体重は重い。危うく落ちかけた体が、力強く摑《つか》まれた。

「早く登ってきなさいよ。ナミちゃん、相当負担がかかってるよ」

鈍く輝く、アキのセラミック製の指が、キオの右手を握っていた。

そのまま、有無を言わさず引っ張りあげる。学園星に名残《なごり》を惜《お》しみたかったが、どうやらそんな暇《ひま》はないようだ。

「こ、ここです。ここから、入れます！」

キオに抱かれたままのフィアールカが手を伸ばし、側面に並んだキーに、ぴぽぱぴぽと指を走らせた。

次の瞬間、装甲が開いた。キオとフィアールカを、アキが力任せに押し込んで、ナミに向かって呼びかける。

「よしっ、ナミ、あんたも早く！」

そのときだった。ラミア寮を包む紅蓮《ぐれん》の炎を震わせて、冷徹な声音がこだました。

「さすがは十星忍の一人。されど、私も部下を倒されて、おめおめと逃がすわけにもいかないのでな」

「誰っ!?」

ナミが誰何《すいか》の叫びをあげる。

その眼前でラミア寮が力尽き、火の粉を舞わせて倒壊した。意思ある者のように渦巻《うずま》いた炎のなかに、真珠色の肌の青年が、均整の取れた姿を現した。

「貴方《あなた》は……!」

見覚えがあった。フォイアフォーゲル軍特戦部隊のなかでも、特に優れた腕利きの一人。ビスティシア十星忍に対応する、一二使徒と呼ばれる特戦武官の一人。

邪気《じゃき》を知らないナミの双眸《そうぼう》が、初めて恐れを孕《はら》む。

「フォイアフォーゲル一二使徒の一、《火龍《サラマンデイル》》エトガー!」

「ひさしぶりだな、ナミ・ナナセ。最後に剣を交えてから、もう一年になるか。預けておいた決着、つけに来た!」

青年の腕が舞い、炎が意思あるもののように、その体に浸透する。体全体が火焔となって、白熱の魔人と化したエトガーが、その両腕を灼熱《しゃくねつ》の鞭《むち》と化し、猛然と躍りかかる。

「ナミ!? あいつの技も忍法なのか!?」

眼を瞠《みは》ったキオが、驚愕《きょうがく》の声をあげた。ビスティシア以外でこんな技を使う者がいるとは知らなかった。心のなかで、何かが音を立てて崩れ落ちる。

「あんな技を使う者が、ナミたち以外にもいたのか、それじゃ、親父が卑怯《ひきょう》な手を使わなければならなかったのも……」

　嚙んだ唇が、掠《かす》れた言葉を嚙み砕《くだ》く。そこに覆い被せるようにして、ナミが血相変えて言ってきた。

「あれはただの超能力ですよ！　あたしたちの忍法みたいな由緒《ゆいしょ》正しいものじゃありません！　一緒にしないでください！」

　なにやら誇りを傷つけてしまったらしい。眦《まなじり》を決して跳んだナミが、反動手裏剣を連射する。エトガーの両腕が灼熱の鞭となって、そのことごとくを弾き、蒸発させる。

　鞭がナミに迫った、そのときだった。引きつったナミの顔を、眩《まばゆ》い輝きが彩った。

　危険を感じたか、エトガーが宙を蹴る。思い切り振った右腕から噴き伸びた白熱の鞭が、熱波のうねりを生じて舞い、眼下の大地を一撃した。

　打撃を受けた路面が沸騰《ふっとう》し、泡立ちながら溶《と》け崩れる。が、エトガーはそれ以上の攻撃をかけることなく、数十メートルもの距離に弧を描いて、燃え崩れた瓦礫《がれき》に着地した。

　転瞬、一隻《せき》の戦闘艇が、二人の間を駆け抜けた。

　その極小の瞬間に、ナミが跳ぶ。後退したエトガーの軌跡をなぞりつつ、右手の振動刀をくるりと回して、逆手《さかて》に持ち替える。

　そして左手から一条のワイヤーが、流星さながらの速度で吹き伸びた。

　そのまま放物線を描いて、彼方《かなた》に聳《そび》える経済学部本部棟——地上三〇〇メートルに及ぶ頂きに絡みつく。それは、ナミを支える命綱。空中を飛び渡りつつ、ナミはエトガーに肉薄する。

その間に、戦闘艇は機体を翻《ひるがえ》し、影士たちに襲いかかった。

体術を極めた影士といえども、生身の人間だ。戦闘艇と渡り合うのは楽ではない。思わぬ加勢に、キオはようやく息をつく。戦闘技術を学んだわけでもなく、攻撃をかわすだけでも荷が重すぎる。フィアールカをかばっているのだからなおさらだ。

「アキ、僕は大丈夫だ！　ナミと協力して、脱出路を確保してくれ！」

呼びかけるキオに、アキは汗を煌《きら》めかせて小さく頷く。

そして空を仰ぎ見て、訝《いぶか》しげな口調で独語した。

「学園警備隊……！　誰が出撃を許可したの？」

それを隙《すき》と見たか、複数の飛翔音が熱せられた大気を裂いた。音速を超えた反動手裏剣、重力干渉装置を組み込んで、直撃の瞬間数トンもの衝撃を叩きつける鎖《くさり》分銅、そしてその両者の飛来を幻惑《げんわく》するための、弧を描いて飛び来る十字型無慣性手裏剣——宇宙の闇を跳梁《ちょうりょう》する影の戦士たちが愛用する、武術と科学が融合した武器の数々だ。

逃《のが》れようのない時間差攻撃。さらに万一に備え、特に腕に覚えがある者たちなのか、漆黒《しっこく》の連環《れんかん》を組んだ四人の影士が、振動剣をかざして襲い来る。

飛翔武器のすべてをかわしたとしても、四人の誰かが、アキを切り裂くはずだ。

標的以外の学生は、傷つけるべからず――それがエトガーの厳命だったが、彼にも、そしてアキと戦う影士たちにも、アキに関する限り、その禁忌《きんき》はない。

「こいつはアンドロイドだ。かまわん、ぶっ壊せ！　どうせ機械人形だ！」

根強い偏見《へんけん》に裏打ちされた侮蔑《ぶべつ》の言葉が、襲撃者の口から紡がれる。

その瞬間、アキの瞳に鮮烈な炎が燃えた。

硬質の輝きを纏《まと》う足が旋回し、纏った旋風が車剣を薙《な》ぐ。次いで放たれた裏拳《うらけん》が、飛来した反動手裏剣を、絶妙のタイミングで弾き飛ばした。音速で飛ぶ手裏剣とて、危険なのは切っ先のみ。アキの拳は柄を打ち叩き、ことごとく跳ね飛ばしつつ旋回した。

瞬間、分銅がかすめた。数トンもの衝撃力がぶちまけられ、アキが着ていたブラウスとスラックスがちぎれ飛ぶ。

「アキっ！」

顔色を変えたキオが、我を忘れて足を踏み出した。が、

「来ちゃ駄目《だめ》だよ、キオ！」

いつにかわらぬ、凛《りん》とした声音がその足を止めた。キオの眼の前で、アキは体を捻《ひね》りつつ、右足を地面に打ち下ろす。

特殊セラミックの裸身《らしん》が煌めきを放ち、アキの足が地面を打った。攻撃されている当の相手がまさか突進してこようとは、影士も意表を衝《つ》かれたようだ。

る影士の腕を掴む。

完璧《かんぺき》だった連携が、わずかに揺れた。その隙を逃さず突入したアキが、かわそうとす
こうなれば、アキのパワーがものを言う。跳んだ勢いを利して、自身の体を軸《じく》に回転して、影士の体を武器にする。同僚の体に薙ぎ倒された敵を後目に、着地を果たしたアキの瞳が、センサー類を起動した。

縦横に飛ぶ戦闘艇を捉え、解析《かいせき》する――と、その唇が微妙な笑みを刻んだ。

「なるほど。立体映像か――ロッシュ先輩、演習室の機材を持ち出してきたわね」

飛び交う戦闘艇は、ほとんどが実像と見紛《みまが》うまでの精度をもって映し出された、立体映像だった。そう思って見渡すと、戦場を囲むそこかしこに、機動車に積まれた投影装置が唸《うな》りをあげている。

それらの運転席には、ベルクソン研究室やロッシュの親衛隊、そしてフェドレンカ研究室を応援してくれていた弱小星系出身学生の姿があった。

ロッシュが演習施設から、投影装置を持ち出してきてくれたのだ。

それればかりか、ロッシュはさらなる手を打っていた。虚像《きょぞう》の背後に、空を埋め尽くすほどの大群が浮かび上がる。文字通り星の数ほどの大群だ。

それが虚像《きょぞう》なのか、実像なのか、ここからではわからない。偽データで陽動を謀《はか》るキオの戦法と、圧倒的な大兵力で押し潰すロッシュの戦法――双方の長所を取り入れた、

大胆《だいたん》な行動だ。

「やるわね、ロッシュ先輩」

笑みを刻んだアキの眼が、次の瞬間顰《しか》められた。

虚像のなかに、実像がある。通常のセンサーでは解析できないだろうが、アキの眼にははっきりわかる。

その一機が影士の包囲陣をすり抜けて、ナミのもとへと飛翔する。

そのとき、ナミは単分子ワイヤーの支点を足がかりに、エトガーと渡り合っていた。

「エトガー！　我が主君、我が同輩、市民の仇《かたき》！　そして、キオ様の願いを踏みにじった報《むく》い！　今こそ思い知れ！」

修羅《しゅら》の表情とともに舞う振動刀の煌めきが、大気の分子すら両断する。裂かれる大気の悲鳴が分子振動のあげる慟哭《どうこく》にも似た唸りと重なって、嘆《なげ》きの斬撃をつくり出す。

しかし、エトガーはその斬撃をことごとく受け止めた。

ばかりか、一瞬の隙を逃さずに、攻撃に切り替える。自らを火焔と化した《火龍《サラマンディル》》の斬撃は、ナミの刀を跳ね返し、白熱の一撃を送り込む。

「く……！」

唇を噛んだナミが、斬撃の間合いを取りきれず、必死の形相で身を引いた。

得たりとばかり、エトガーが魔性の笑みを刻む。斬撃をフェイントに、指先に生み出した白熱の輪が、ナミの首に絡みつくかと見えたとき。

灼熱の射線が、二人の間に撃ち込まれた。機体を翻して飛来した一隻の戦闘艇が撃ち放った、電磁《でんじ》機銃《きじゅう》の一撃だ。

エトガーが纏った炎を揺るがせる、初速数千キロもの実体弾の銃撃に、さしものエトガーも、束の間の怯《ひる》みを見せる。

刹那《せつな》、飛び込んできた戦闘艇はナミの前で急制動をかけ、風防を開いて呼びかけた。

「ナミ君、キオ君とフィアールカ君が、君の宇宙艇で待っている。すぐ艇に戻れ！　今を逃せば脱出の機会はないぞ！」

「ロッシュさん!?」

操縦者の顔を見て、ナミの顔に驚きが走る。

笑みを浮かべたロッシュが、親指を立てて言う。

「君は、僕たちの仲間だ。一日でも同じ学舎《まなびや》で学んだ者は、僕たちの友だよ」

その言葉に、ナミは啞然《あぜん》とする。が、すぐさま危惧《きぐ》の言葉が、口をついて出た。

「ありがとうございます。でも危険です！　早く離れてください！」

言うより早く、態勢を立て直したエトガーが、憤怒《ふんぬ》の形相で叫んでいた。

「私の楽しみを、邪魔立てするな！」

怒りがすぐさま高熱に転換される。それが《火龍》エトガーの超能力。呼び起こされた灼熱エネルギーが空間に干渉し、ナミを包む一帯を、白熱の火球に封じ込めた——と見えたその瞬間。

「ナミ！　先輩を助けてくれ。おまえの術なら、できるはずだ！」

高速艇のエアロックから身を乗り出して、キオが叫んだ。

幼なじみの少女に向けた、少年の想いの故《ゆえ》か。キオの叫びを聞き取ったナミは、印を結びつつ精神を集中し、忍術を発動した。

「ビスティシア忍法、力素傀儡《エレメンタル・マリオネット》！」

瞬間、空間に干渉する振動波が、ナミの指先から放たれた。

一直線に伸びた振動波の行方《ゆくえ》を定めるのは、ナミの勘《かん》のみだ。わずかでも逸《そ》れれば、二人の命は次の瞬間、燃え尽きる——が、振動波の先端がエトガーの凝集した熱エネルギーを捉《とら》えたとき、ナミは己の勝利を知った。

「なんだと!?」

エトガーが驚愕《きょうがく》を露《あらわ》にした。その瞬間、ナミが撃ち込んだ振動波は、エトガーの熱エネルギーを絡め取り、支配下に置いていた。

あらゆるエネルギーに形を与え、傀儡《くぐつ》と化して自在に操る、ビスティシア忍法力素傀儡——ナミの秘術である。

ナミが描いた指の動きそのままに、灼熱《しゃくねつ》エネルギーは巨大な蝶《ちょう》の姿と化す。エトガーが放った熱エネルギーは、ロッシュの戦闘艇を呑み込む寸前で踏み止まり、羽根を翻して反転する。舌打ちしたエトガーは素早く虚空《こくう》を蹴って飛び下がり、新たな灼熱の投網《とあみ》を投げかけた。

その隙に、ロッシュの戦闘艇は、危機を脱した。残されたナミは茫然《ぼうぜん》と、単分子ワイヤー上に立ち尽くし、ロッシュの言葉を、口のなかで反芻《はんすう》する。

「友だち——あたしが……？　キオ様も、ロッシュ様も、あたしを友と言ってくださった——この、忍び者のあたしを」

胸の奥に、いまだ感じたことのない喜びが湧いてきた。

思わず自分の胸を抱きしめて、その温もりを噛みしめる——そのときだった。

「ナミ！　なにしてるんだ、急げ！」

ロッシュの戦闘艇と入れ替わるように駆け上がってきた高速艇が、ナミの傍らで急制動をかけた。

エアロックから、キオが身を乗り出した。突き出された手がナミを待つ。

その光景が、ナミの脳裏《のうり》に、一つの記憶を蘇《よみがえ》らせた。

キオと一緒に暮らしていたとき、ナミは小鳥と遊んでいて、命を失いかけたことがある。

小鳥を追いかけていて、城壁の隙間から転落しかけたのだ。大きく見開いた眼のなか

に、いまと同じように手を突き出したキオが映った。あのとき、キオが呼んだ名が、確か……。

「摑まれ、ナミ・ナナセ！　しっかりしろ、スズメ女！」

ナミが思い出した名を、キオが大声で呼んできた。

「ス、スズメ女？　なんです、それ」

操縦席の予備シートで、フィアールカが不思議そうに小首を傾《かし》げる。

「ナミの綽名《あだな》だよ。あいつ、小さい頃……そう、五歳くらいの頃、俺と一緒に暮らしてたんだ。たぶん、親父の差し金だったんだろうけど、あいつ、いつもおどおどしててさ。スズメが辺りを気にしながら餌《えさ》を食べてるみたいで……なにしてるんだ、ナミ！　先輩は、おまえの術で助かったんだ。おまえは、人を助けたんだよ！」

「キオ様――」

ナミの顔が、呆気《あっけ》に取られたものから信じられないという表情に、そしてみるみる泣き出しそうな顔に、目まぐるしく変化する。

「キオ様、あたし、そんな身分じゃ――キオ様が、子供の頃の綽名を呼んでくださるなんて、あたしは……」

つい先刻、《火龍》エトガーと互角に渡り合った娘と同一人物とは思えない。

無防備極まりない様子で、そんな困りますあたし身分が違います、と口走り続けているナミに業を煮やしたキオは、体を伸ばしてその手を掴み、強引に引き寄せた。

「いいから、早く来い！　いま以外に、脱出のときはないんだ！」

「で、でもキオ様、ご学友の皆さんや、テレーズ先生にご挨拶《あいさつ》は……」

「そんな暇《ひま》はない！」

たった一言で切り捨てて、キオは片足でスロットル・レバーを蹴飛ばした。

同時に、キオは今まで培《つちか》ってきた、大切なものを蹴り飛ばす。

アムラフ星間大学での学生生活を。ビスティシアを離れ、ラムティア商業同盟で送るはずだった、己が未来を。

それら、夢見ていた未来が、加速する高速艇の後方に、みるみる遠ざかっていく。

エアロックに取りついたナミが、はたと我に返った。

「あの、キオ様……」

心配そうな顔つきで、おずおずと言ってくる。その顔をちらと見たキオが、先回りするように言った。

「言っておくけれど、僕を追い込んだなんて思うなよ。どうせ親父から逃れられないなら、こっちから突っ込んでいってやる。今度ビスティシアに戻ったら、そう言っておいてくれ。あんたの息子だから、結構打たれ強いってさ」

平穏《へいおん》な未来と一緒に、何か本人の大事なものも蹴飛ばしてしまったような気がする。

捨て鉢《ばち》の笑みを交えたキオの言葉に、しかしナミは唇を嚙み締め、泣き出しそうな眼を向けてきた。

その必死な顔に、キオは驚いた。

それはもう、今にも死んでしまいそうなほど悲壮《ひそう》な顔だった。

一瞬芽生えた自暴自棄《じぼうじき》の気持ちも吹き飛んでしまい、キオは泡を食って問いかける。

「ど、どうしたんだ？　何か、悪いことを言ったか!?」

すぐさま弱気になってしまう辺りは、いまだ自棄になりきれていないキオである。

「ち、違うんです。キオ様……あたし、もっと早く、お知らせしなければいけなかったのに……」

歯を食いしばりながら、ナミは目尻を震わせながら視線を伏せた。その仕草に、キオは不審を抱く。問い質《ただ》そうとするより早く、ナミは顔を上げ、搾《しぼ》り出すように言った。

「もう、御館様とお逢いになることはありません……ビスティシアに、お帰りになることも……御館様は、戦死なさいました。本星も砕かれて、塵《ちり》しか残っていないんです」

キオの心が、一瞬空白になった。

ナミの言葉が、どこか遠くから聞こえてくるようだ。嘘《うそ》だ、と思った。意識が受け取りを拒否しているように、懸命に否定する声が、頭のなかで響き渡る。

にも拘《かか》わらず、キオは意識のどこかで、ナミの言葉が事実であることを知っていた。

「そうだね……おまえは昔から、嘘をつくのが下手《へた》だったな」

どこか虚《うつ》ろな言葉が、キオの口から洩れた。自分の言葉を、別人のそれのように聞きながら、キオはその空虚な響きにぞっとする。

本当のことだ。そう認識した途端、記憶の枷《かせ》が外れたように、忘れていた父親との想い出が、どっとばかりに溢《あふ》れ出た。

初めての嫡子として生まれたキオを、クリュスは顔一杯に笑みを浮かべながら、高々と抱き上げた。

体の弱かった母親を訪れては、優しくその肩を抱き、いろいろと話しかけていた。母はベッドに体を起こし、気遣《きづか》う父親の腕に抱かれながら、幸せそうな笑顔を向けていた。

そして、母が死んだとき。父は葬儀《そうぎ》に参列することもなく、鬼のような顔のまま、防衛センターに立ち尽くしていた。

そうした仕草のすべてが、鮮明に思い起こされた。母がいなくなった後、若い愛人を愛《め》でていた父。その顔には、思い起こせば常に癒《いや》しようのない寂しさが漂《ただよ》っていたようだ。

母の葬儀に出なかったのも、あの日は確か、敵軍の動きが大きくなっていたからだ。だから葬儀に出ることもできず、敵の動きを見つめていなければならなかった。小国の希望の星であり続けるためには、クリュスは個人としての幸せを、どれほど捨てねばならなかったのか。

キオは、初めて理解した。嫌い抜いていると思っていながら、なぜか事あるごとに、父の面影が浮いてきた。それを疎《うと》ましく思っていたが、実はキオ自身が、父親を心の中で求めていたのではなかったか。

足元が崩れていくような喪失感《そうしつかん》のなかで、キオは震える口から、辛うじて言葉を紡いでいた。

「なんで……なんで死んじまうんだ。僕は、まだ何も、言ってやってないのに……」

「キオ……」

艇内から腕を伸ばしかけたアキが、その手を止めた。

誰だろうと、口を出してはいけないときがある。アキは瞳に不安げな光を揺らめかせ、肩を震わせるキオに視線を注いでいる。

そのとき、操作盤から警報が吹き上がった。唇を噛み締め、沈痛な眼を向けたナミの眼に、風防に重なるように映るディスプレイのデータが見えた。

全周を囲むようにして、猛然と突進してくる高速の宇宙艦。いずれも駆逐艦《くちくかん》クラスで、この高速艇など及びもつかない戦闘力をもっていることは明らかだ。

キオに向けてはおどおどした瞳を見せていたナミが、別人のように峻烈《しゅんれつ》な表情を滲《にじ》ませて、口調を改めて言った。

「逃げ切れませんね……キオ様、あたしは外で防ぎます」

「外でって……ナミ、無茶を言わないで」

当面は、キオは役に立たない。そう見て取ったアキが、驚いた声で制止した。

しかし、ナミはきっぱりと首を振る。

「あたししかいないんです。任せてください」

どこかに常識を忘れてきたような、自分に自信をもてない世間知らずの少女は、そこにはいなかった。

代わりに紡がれた言葉は、抜き放たれた真剣を思わせる少女の声音《こわね》。一度抜き放たれたなら、敵の急所を断ち斬らずにはおかない、凶暴《きょうぼう》な野獣《やじゅう》がそこにいた。

顔は、確かにナミなのだが……眼を見開くアキに、ナミはふわりと笑って言った。

「あたしの術で、ロッシュさんを救うことができました。今こそあたしは、御館様がおっしゃっていた、平和を築く戦いについているのだと思えます。だから、いまはキオ様とフィアールカさんをお救いするために、術を振るいます」

意志を覆《くつがえ》すことはない。そう宣言しているような、凛とした言葉である。

言葉を失うアキに、ナミはふっと笑って言葉を継いだ。

「機外に出ることを心配しておられるなら、ご無用です。あたしは星忍ですから」

そう言うなり、ナミの姿が消えた。言葉の端が風に吹きちぎられて散る。ナミが吹き飛ばされたと思ったアキは、大急ぎで操作盤に飛びついて、周囲の空間を探査する。

機体の上面に上がったことを知り、自分も身を乗り出して、大急ぎで呼びかける。

「ナミちゃん、無理だよ。下りて！」

星忍のスーツに身を包んだナミが、仁王立《におうだ》ちに立っていた。振動刀を逆手に掲げ、艶《つや》やかな髪を背に流して、凛とした瞳を行く手に向ける。

絶句するアキの聴音装置を、そのとき沈痛な声音が震わせた。

「アキ……ナミに、やらせてやってくれ。これが、星忍の仕事なんだ」

「キオ？　あんた、大丈夫なの!?」

振り向いたアキに向けたキオの顔は、ほんの数秒の間に、驚くほど憔悴《しょうすい》していた。

絶句するアキだが、キオは小さく笑った。己に向けた、自嘲《じちょう》の笑み。キオは自分を鞭打つように、血が流れるような言葉を口にした。

「僕は、結局のところ逃げていたんだ。その間に、取り返しのつかないことになってしまった……その埋《う》め合わせをしなきゃならない。親父にだけじゃなく、ナミに対しても」

キオの手が、操作盤に伸びた。操縦装置に指が触れ、停止していた船体が、再び身震いして唸りをあげる。

「いまから、僕はそれをやる。ナミも、親父を守れなかったことで苦しんでるんだ。だからアキ、邪魔しないでやってくれ。僕も、親父と同じ角を曲がるから」

思い詰めたような声音に、アキは仕方ないとばかりに肩を竦めた。

「そうか、わかった。じゃ、私も一肌脱ぐか」

「え？」

怪訝《けげん》な顔を向けたキオに、アキは首を振って言う。

「彼女は確かに強いけど、一人じゃ無理だわ。だから私も手伝う。大型艦が行く手を塞《ふさ》ぐのがセオリーだし、その危険なりと、防いでみせましょう」

そう言いだしたものだから、キオは慌《あわ》てた顔を見せた。

確かに、アキは自称『戦闘用』だが、たかだか等身大の機械人間一人で、艦隊を相手になにができるというのか。

「おまえ、ナミとつき合っている間に感化されたのか？　相手はフォイアフォーゲル帝国の特戦部隊だぜ。そこらの戦闘ロボットじゃ歯が立たないんだ」

さすがに心配になって、そう忠告するキオに、アキは不敵な笑みを向けてきた。

「だから、そこらのじゃないのよ、私は。どうよ、この姿は」

いかにも体育会系なアキだが、この台詞《せりふ》はいつもと違う。勝利を祈っているわけではなく、自分に気合いを入れているわけでもない。

自分が勝つのは、すでに決定された未来。そう言っているかのような、ごく自然な言葉が紡がれる。

呆気に取られたキオの眼の前で、アキの首が肩から外れた。

鈍色のシャフトに支えられて伸び上がり、がくんと前に倒れる。頭部と胴体を繋ぐ色とりどりのコードやケーブルが、潑剌《はつらつ》とした少女の顔とあいまって、倒錯《とうさく》した美しさを醸《かも》し出す。ある特殊な趣味をもつ一部の人間にとってはたまらない光景であろうが、キオは別の意味で、言葉すら出せない驚愕を覚えた。

首の支柱に接続される、人間でいえば脊髄《せきずい》にあたる部分から、せり上がったものがある。銀色に光る、それは銃把《じゅうは》だ。首を前に倒したまま、背中越しに手を回したアキがその銃把を握り、ずこりと音を立てて引き抜いた。

「ふっ」

小さく笑ったアキの首が、再びもとの位置に戻った。手にしているのは、全長四〇センチほどの、銀色に光る銃。太い銃身に頑丈そうな本体、回転式の弾倉《だんそう》をもつ、流麗《りゅうれい》な大型銃である。

「そんな武器を仕込んでたのか——とんでもない奴だな。まさか本当に戦闘用だとは」

啞然としていたキオが、ようやく言葉を搾り出す。

「ふふっ……我が愛銃、ブラスター・ショット。ひさしぶりだわ、本当に。もうすぐ、血を吸わせてやるからねぇ」

これみよがしにキオを眺めたアキが、鈍い銀色の銃身を愛《め》でるように舌を這《は》わせる。

フィアールカが息を呑み、身を遠ざけるようにしてシートに背を押しつけるのを認めて、キオは苦い顔でたしなめた。

「それはやめろ、怖すぎる」

「これは失礼。とにかく、ナミと一緒に道を開くわ。守りは任せて」

「……気をつけろよ」

それだけ言うのがやっとだった。

笑みを投げかけて、アキはエアロックに手をかけ、跳躍して姿を消した。

艇の甲板上で、二人が上手《うま》くやってくれることを祈るばかりだ。

キオには、キオの仕事がある。艇の操縦席に座り直し、操縦桿《そうじゅうかん》に手をかける。操作盤に指を走らせて、艇首をさらに急角度に持ち上げる。

「ナミ、アキ。二人とも、大丈夫か？」

さすがに気になって、通信装置で呼びかける。待つほどもなく、すぐさまナミの声が返ってきた。

『ありがとうございます。大丈夫です！　あたしとアキさんで、近づく相手は撃ち落とします。だからキオ様、まっすぐ上昇してください！』

どことなく不安そうな響きが交じっているのは、アキまで上がってきたためだろうか。

二人の少女が息を合わせられるかどうか、いくばくかの不安を感じたキオだが、そのときさらに深刻な、もう一つの不安が萌《きざ》してきた。

「このまま上昇しても……大丈夫なのか？　このクラスの艇なら、確かに恒星間航行も可能だけれど、戦闘は難しい。網のなかに飛び込むだけじゃないのか」

疑問が射した、そのときだった。

突然、操作盤の一角にランプがついた。ほのかな光が持ち上がり、そのなかに眼鏡《めがね》をかけた、黒い肌の知的な美女の姿が浮いた。

『キオ様、ご懸念《けねん》なく。ナミが示したとおりに飛んでください』

「だ、誰だ!?」

思わず声をあげてしまったキオに向かって、美女はにこりと笑って言った。

『私は十星忍の一人にしてリーダー、ポーラと申します。キオ様、初めまして』

「あ、よ、よろしく」

思わず挨拶してしまうキオである。十星忍といえば、全銀河でも指折りの、最強の忍び者。ナミとて見た目はただのドジ娘だが、忍者の世界では畏怖《いふ》をもって語られているのだろう。

そのリーダーとなれば、さらに恐るべき存在だろうが、しかしキオの口調を改めさせたのは、そうした問題ではなかった。

これほど理知的な美女は、アムラフ星間大学にもそうはいない。言葉を失うキオに、ポーラと名乗った美女は、講義する女性教授のような口調で言った。

テレーズ・フェドレンカのような規格外れの教師ではなく、正統派の美人教師だ。

『大気圏外《たいきけんがい》、二光分の宙域に、フォイアフォーゲル第一二打撃艦隊が展開しています。キオ様はその中心に向けて、最大速度で突入してください。大丈夫、ナミの仲間たちが、掩護《えんご》します』

「十星忍が!?　わかった。信じます」

ひと言答えて、キオは艇を加速させた。

真一文字に飛翔する高速艇に、エトガー麾下《きか》の駆逐艦が追いすがる。

『警告する！　停船せよ。しからずんば撃沈する！』

重力場通信で警告が放たれる。無視して上昇するうちに、駆逐艦の砲塔から、青白い熱球が撃ち放たれた。

口径二〇センチ級の高熱砲だ。高速艇の防御スクリーンで防げるものではない。

しかし、ナミは恐れない。素早く印を切った腕を、大きく舞わせて叫びをあげる。

「忍法、力素傀儡！」

一〇本の指先から放たれた振動波の糸が、飛来する熱球に突き刺さる。と、それは白熱した猛禽《もうきん》の姿に変わり、弧を描いて反転し、自分を放った駆逐艦へと飛びかかる。

駆逐艦群は、すぐさま防御スクリーンを展開した。

しかし間に合わず、直撃されてへし折れる艦がある。展開に成功した艦も、白熱する猛禽を自艦の防御スクリーンで防ぎつつ、算を乱して後退した。

「やった……いまです、キオ様！」

呼気を洩らして喚《さけ》ぶナミに、キオは推力《すいりょく》を上げた。

と、行方に巨大な艦が割り込んだ。駆逐艦とは比較にならない、全長四〇〇メートルに及ぶ巨体の宇宙艦。エトガー艦隊の主力艦、大型の重巡宙艦である。

「なら、今度は私の番だ。見ていなよ、ナミ！」

アキは甲板上に足を踏まえ、ブラスター・ショットと呼ぶ銃を行く手に向ける。右手に銃把を握り、左手を水平にして、銃を載せる。銃を十字型に構えたとき、巨大な光が煌いた。

巡宙艦の高熱砲だ。白熱する火球が眩い尾を曳《ひ》いて、高速艇をかすめて飛びすぎる。キオはシートに背を押しつけ、操縦桿を握る手に、反射的に力を籠めた。

と、そのときキオの鼓膜《こまく》を、アキの声音が打ち据えた。

「そのまま行って、キオ！　あの艦《ふね》は私がどけるわ。かまわないから直進して！」

「正気かよ。相手は四〇〇メートル級、四〇センチ高熱砲一二門タイプだぞ!?」

天井《てんじょう》に向かって声を張りあげるが、おかげで腕の力が抜けた。腰をおろし直して、フィアールカをちらりと見る。

水色の髪の少女は、蒼白《そうはく》な顔になりながらも、健気《けなげ》に耐えていた。薄い肩が震えているが、取り乱した様子はない。ナミとキオを、信じきっているようだ。

——女の子にこう信じた顔を向けられちゃ、逃げるわけにはいかないな。

フィアールカが頑張っているおかげで、キオも腹が据わった。なんだかんだいっても、男の子である。少女に信頼を寄せられて、それを裏切れる者はいない。宇宙の真理という奴だ。

「フィアールカ、捕まってろ！」

ひと声あげた叫びは、フィアールカに向けたものであるのと同時に、キオ自身を鼓舞《こぶ》するものだ。

全力駆動に移った機関が、轟然《ごうぜん》と吼《ほ》える。慣性相殺装置が出力をあげ、二人にかかる圧力がぐんと減る。眼を焼くような火球が飛び過ぎて、眼前に立ちはだかる巡宙艦が、意を決したかのように主砲塔を旋回させる。

今度は直撃させる気だ。そうと察した艇の自動解析装置が、照準《しょうじゅん》が固定されたことをキャッチして警告の叫びをあげた。

そのとき、アキが引き鉄《がね》を引いた。銀色の銃が三度、立て続けに火を吹く。セラミック製の腕は反動を受け止め、巡宙艦の主砲に比較すれば悲しいほどか細い火線が三条、高熱の余波《よは》に揺らぐ空間に伸びていく。

常人の眼には捉えきれない銃撃も、ナミの眼には映っている。自ら操る力素傀儡で、肉薄する駆逐艦四隻を立て続けに沈めたナミが、危ぶむような声で言う。

「アキさん、あんな銃弾で、どうにかなるんですか？　相手は防御スクリーンを張っているし、装甲だって陸上軍の重砲くらいじゃ破れません。撃つだけ無駄《むだ》です」

「ええっ!?　あんた、見えるの？」

銃を構えたまま、発砲の快感に浸っていたようなアキが、驚いた顔で振り返る。

「星忍ですから。それよりアキさん、そんな銃じゃ無理です。あたしが、力素傀儡で……」

アキを押しのけんばかりの勢いで、ナミが代わろうとしたときだった。

猛スピードで飛んでいった銃弾が、巡宙艦の防御スクリーンに接触した。

宇宙艦の防御スクリーンは、同等の艦がもつ主砲の直撃を、その艦がもつ全砲門の半数までは受け止めるように設計されるものだ。さらに、装甲の防御力も同等——そのセオリーに従えば、一二門をもつ艦なら六発分までは余裕で耐えることになるのだが。

最初の一発が、防御スクリーンを瞬時に燃え上がらせた。あまりに大きなエネルギーだったのか、一撃で完全に崩壊し、艦体が露になる。しかし漆黒の反射装甲《はんしゃそうこう》をもつその艦体も、次の瞬間には白熱の爆焔《ばくえん》に包まれて、三つに折れて爆沈した。

「嘘……」

あまりの威力に、ナミは茫然と口走ったまま立ちすくむ。開いた口が塞がらない。そんな顔の少女に向かって、アキは銃を肩に当て、自慢げに振り向いた。

「どうよ、ブラスター・ショットの時層反転弾。たいした威力でしょ？」

「え、ええ……驚きました」

これまで何かにつけ、アキに張り合うような言動を見せていたナミだが、この凄まじい威力を見せつけられては何一つ言えるものではない。

アキが肩を竦めたとき、高速艇は拡散していく爆焔《ばくえん》を突き抜けた。一瞬の熱を感じたものの、すぐさま宇宙空間の酷寒《こっかん》が二人を包む。ひと息ついたアキは、小首を傾げてナミを見た。

「……なんですか？」

視線に気づいたナミが、訝しげに訊いてきた。

「ううん、別に」

口を開こうとして、アキは考え直したように首を振る。

自分はともかく、なんだって人間のはずのナミが真空、酷寒、有害な宇宙線降り放題と三拍子揃《そろ》った宇宙空間で、平気な顔でいられるのか。そう思ったアキだったが、訊《き》いてもたぶん、仕方ない。また、『星忍だから』のひと言で片づけられそうな気がする。

アキとて、論理思考を旨《むね》とするアンドロイドである。あまり非科学的なことを聞いてしまうと、光電子脳が混乱しかねない。危険は先んじて避けることだ。

納得いかないように首を捻ったナミが、行く手に顔を向けた。

その顔が、にわかに引き締まる。機械のアキにも劣《おと》らない、星忍ナミの視力。それがさらに数万キロは離れているだろう宙域に展開しつつ距離を詰めてくる、巨艦の群れを認めたのだ。

すぐさま天井に屈み込み、声を重力波に変えて呼びかける。

「キオ様！　前方一光分に、大型戦艦を中心とした艦隊です！　隻数、およそ三〇〇。まもなく有効射程です！」

「あんた、見えるの!?　……まあいいか。忍者のやることだし」

人生の大切なものを切り捨てたような口調で言ったアキが、眉根を寄せて独語する。

「けれど、これはまずいわ。私のブラスター・ショットでも、一度に叩けるのはいいとこ三隻。その間に集中砲撃を浴びたら、防ぎきれないな。ナミ、あんたの忍法は？」

「あたしの術でも、五隻以上は。けれど、大丈夫です。もうすぐ、来ます」

「来るって、なにが？」

アキが首を捻る。と、そのとき艇の行く手に、淡い光が燃え立った。

「しまった。近づくのに、気がつかなかった！」

唇を噛んだアキが、ブラスター・ショットを振り向ける。

と、その手を、ナミが押さえた。

「味方です、アキさん。キオ様、速度を緩めていただけますか？　彼女が教える方向に、艇を向けてください」

「あ、ああ、わかった！」

操縦席に響くナミの言葉に、キオは艇の速度を落とした。

と、その光が高速艇を包み込む。

淡い光に囲まれて、アキは顔を引きつらせた。

しかし、ふとナミを見れば、彼女は緊張の色など欠片《かけら》も見せず、笑みすら浮かべて、光を受け入れている。溜め息をついたアキは、半分諦《あきら》めたような口調で言った。

「わかったわよ。手向かいいたしません。キオについてくるって決めたときから、こんなことになる予感はしてたんだ」

そのまま、銃を行く手に向ける。ナミが見た艦隊の存在は、彼女もまた把握《はあく》していた。

艇の速度は、現在、およそ一〇分の一光速。相手もこちらに向かっているから、遅くとも数十秒後には、接触する勘定だ。

アキが改めて臨戦態勢に入ったとき、キオは唖然として、虚空を見つめていた。

萌《も》え出た光が風防を透過して、操縦席の内側に現れた。その輝きがみるみる薄れ、同時に形をとっていく。後部座席のフィアールカが、本能的な恐れを抱いてか、肩越しにキオにすがりつく。

その手を勇気づけるように握ったキオの喉《のど》が、ごくりと上下に動く。油断なく睨《にら》む眼の前で、光はまもなく、一人の少女の姿に変わった。

淡い金色の、長く伸ばした髪を美しく結い上げ、もの思わしげな睫毛《まつげ》に縁取《ふちど》られた瞳が温もりを籠めて、キオとフィアールカを見つめていた。警戒心を解きほぐし、疲れた心を癒《いや》して眠りに誘う、そんな慈《いつく》しみを秘めた瞳をもつ、それはしなやかな体の少女であった。

「あんたは……?」

意表を衝かれた。そんな顔で問いかけたキオに、天井を通してナミが教えた。

「あたしたちの仲間です。一〇番目の星忍シルヴィア。それは、彼女の投影像です」

「投影像!? そんな馬鹿な。立体像の投影なら、何らかの電磁波を使うはずだ。なのに、センサーは何も感知していない。一体どうやって……」

言いかけて、キオははたと気づいて苦笑しながら言った。

「……忍法か」

「そういうことです。右舷《うげん》三〇度、相対角七・四度に向かってください」

シルヴィアと呼ばれた少女が言った。

その方向には、フォイアフォーゲル軍の打撃艦隊が待ち構えている。そう思ったが、いまさら進路を転じたところで逃げ切れはしない。

キオは唇を嚙み締めて、艇首を指示された方角に向けた。

一方、エトガーはアムラフ星間大学を離れ、上空に漂駐《ひょうちゅう》していた高速戦艦《ファフニール》に帰艦した。

ナミが放った忍法力素傀儡に、自分の能力を逆手に取られた。加えてナミが使った術は、初めて見るものだった。破るのに手間取るうちに、態勢を立て直した学生警備隊が大動員をかけたため、収集がつかなくなると考えて、撤退に移ったものだった。

学生たちと戦ったところで負けるはずもないが、無意味な殺戮《さつりく》も好まない。それに、ナミの術に遅れをとったという事実は隠しようもなく、心に疼《うず》く傷を刻んでいる。

その痛みを抱いたまま艦橋《かんきょう》に戻ったエトガーを、エーディットが出迎えた。

「お疲れ様です。キオ・カロンと星忍は、後衛を任せた三個戦隊の囲みを破り、星系外への逃亡を図《はか》っています。重巡《じゅうじゅん》《ハーゲン》をはじめ、駆逐艦一二隻が撃沈されました。星忍とアンドロイドの手にかかったと、報告がきております」

「アンドロイドだと？　そうか。あの娘か……」

エトガーの脳裏に、キオとフィアールカを守って戦っていた、アキの顔が浮かぶ。人間以上の力をもつ戦闘ロボットでも、ほとんどは影士の反応速度に劣る。容易《たやす》く破壊できると思ったが、彼女はその通例を、打ち壊すに足る存在だった。

「アキと呼ばれていたな。あの娘も星忍か。さすが、ビスティシアの星忍組織。抱える人材は底が知れぬな」

呟いたエトガーは、戦塵《せんじん》に汚れたスーツを着替えようともせず、指揮制御盤の前に立った。指示を仰ぐ操艦士に、決然とした口調で告げる。

「あらゆる情報網にアクセスして、彼らの航路を追え。残った全艦をもって追撃する。第一二打撃艦隊などに捕らえられる腕ではない。奴らは……ナミという娘は、私の獲物だ。他の者に、倒せはせぬ」

「全艦発進。隠蔽《いんぺい》機能作動。惑星重力圏から離脱します」

エトガーの命を、エーディットが補足する。

まもなく、《ファフニール》が動き始めた。音もなく衛星軌道を離れ、星が凍《い》てつく空間に向かって上昇する。麾下の駆逐艦群も後に従い、噴射焔を閃《ひらめ》かせて遠ざかる。

まもなくアムラフ星間大学の周辺には、元通りの穏やかな星の光が、数知れず注ぐのみとなっていた。

『高速艇補足。手配されたビスティシア船籍の恒星間航行船《星の魂》号と認識。全艦、格闘陣形で攻撃！』

後方に控えた超大型戦艦から命令電が放たれた。散開していた艦艇群はみごとな統率力を見せ、逃げ道を塞ぐように布陣していく。

「攻撃開始！」

真空を走った命令に応え、布陣した戦闘艦群が一斉に砲門《ほうもん》を開く。

小型の高速艇が目標だ。主砲を使う様子はない。しかし、こうした小型艇を本来の敵とする駆逐艦や、宇宙母艦から離艦した戦闘攻撃艇はもとより、巡宙艦や戦艦といった大型艦までが装備している小口径砲を指向し、撃ち放つ。パルス状と稲妻状の光線が吹き上がり、すべての艦が宇宙に浮かぶ活火山と化したかのような、凄まじい火線を撃ち上げる。

髪の毛一筋ほどの隙間もなさそうな猛射《もうしや》をかいくぐり、キオの操る高速艇が駆ける。

が、紙一重で吹き抜ける光条《ビーム》に艇は揺れ、目一杯の出力で張られた防御スクリーンすら、間近をかすめるビームの煽《あお》りだけで、いまにも消えそうに揺れ動く。

「駄目だ！　どう動いても、逃げ道がない。シルヴィア、本当にこれでいいのか!?」

必死に操縦桿を操りながら、キオが叫ぶ。

シルヴィアは宙に浮いたまま、一点を見つめている。

野生の小鹿を思わせる端麗《たんれい》な容貌《ようぼう》が微《かす》かに動き、唇から言葉が洩れた。

「来た」

その言葉が合図ででもあったかのように、《星の魂》号を火線に絡め取ろうとしていた大型戦艦が二隻、突然折れて吹き飛んだ。

それぞれ、艦の中央部からくの字にへし折れ、航路を開けるように飛んでいく。砲撃やミサイルの命中を受けたわけではなく、なにかに殴《なぐ》り飛ばされたかのような、常識離れした光景だ。

唖然としたキオに応えるように、風防兼用のディスプレイに、二つの顔が映った。

一人は雲突くような、髭面《ひげづら》の大入道。もう一人は、美しいが逞《たくま》しい、筋肉質の美貌をもつ若い女だ。血の繋がりがあるのか、二人ともどこか似た顔立ちだ。

そして呆れたことに、真空酷寒の宇宙空間で、もろ肌脱ぎで勇んでいる。手にしているのは、眩い輝きを放つ鉄棒だ。

「まさか、一人一隻ずつその鉄棒で、戦艦を殴り飛ばしたということじゃないだろうな」

さすがに唖然としたキオをディスプレイ越しに認め、大入道が豪快な笑いを響かせる。

『キオ様！　お初にお目にかかる。拙僧《せっそう》は十星忍が一人ポドン。道をお開け申した！』

『そして、私はポドンの妹、ネグル。露払《つゆはら》いいたしますゆえ、そのままご直進ください』

女が言った。そしてひと息に数十キロを飛び渡り、《星の魂》号に照準した別の戦艦めがけ、無造作に鉄棒を振り下ろす。

その瞬間、鉄棒が数キロもの長さに吹き伸びた。一撃を浴びた艦は防御スクリーンもろとも叩き潰され、ひとたまりもなく爆沈する。

本当に鉄棒で宇宙艦を沈めたと知って、キオは腰が抜けそうな思いに捉われた。

「本当に怪物だ、この人たち……」

――こんな人間離れした連中を、自分が束ねていけるのか。

そんな危惧が、キオの脳裏をかすめる。

しかし、ナミはキオが感じた戦慄《せんりつ》など知る由《よし》もなく、歓声《かんせい》をあげていた。

「ポドンさん、ネグルさん！　助太刀《すけだち》、ありがとうございます！」

『よう、ナミ。揃ってきたぜ。あと少しだ。気を抜くなよ』

そう言ったポドンが、髭面に再び笑いを滲ませた。

陽気そうな二人の星忍に道を開かれ、《星の魂》号は直進する。しかし、まもなくせっかく開かれた脱出路に、それまで渡り合ってきた艦の数倍もの巨体をもつ、大戦艦が立ちふさがった。

「麾下の艦を沈められ、おめおめと逃がすわけにはいかん！　是が非でも、その艇は沈める。第一二打撃艦隊の名誉にかけて！」

艦隊司令官と思《おぼ》しい、凄まじい怒声が轟《とどろ》いた。同時に巨大な砲塔が旋回し、三連装高熱砲が四基と両舷《りょうげん》側上下に二基ずつの連装砲塔、合計一六門の大口径高熱砲が、キオの艇を指向する。

「シルヴィア！　これでも大丈夫なのか!?」

キオの叫びは、ほとんど悲鳴だ。駄目だ。今度こそ逃れられない。ナミの術も、アキの銃も、ポドン兄妹の打撃も、この巨体には通じまい。

死を目前にしたキオの脳裏で、生まれてからいままでの出来事が、高速フィルムを回したように再生を始めた。

だがそれが終わる前に、予想もしなかった光景が現出した。

《星の魂》号と巨大戦艦の間に割り込むようにして、もう一隻の巨艦が、忽然《こつぜん》と姿を見せたのだ。

飛び込んできたわけではない。暗黒の空間から溶け出すようにして、突然姿を見せた宇宙艦。戦艦に似た姿だが、艦の前部が長く、艦橋構造物のやや後方がくびれた曲線で構成されている。おそらくは戦艦と母艦の機能を併《あわ》せ持つ、流麗《りゅうれい》な姿の戦闘母艦。

たとえるなら、水中に潜っていた潜水艦が海面に姿を見せたように。それほど異様で、しかも自然な、それは出現であった。

「な……！」

その瞬間、巨大戦艦の司令官は眼を疑ったに違いない。しかし何らかの指示が下される前に、新たに出現した巨艦の中心線上に備えた砲塔が、それぞれに旋回した。

二基は巨大戦艦に。そして、残る二基は、あらゆる方向から襲い来る、フォイアフォーゲル軍第一二打撃艦隊の戦闘艦群に向けて。

一瞬の静寂の後、それら主砲塔——巨大戦艦を凌《しの》ぐ四連装砲塔が、一斉に咆哮《ほうこう》した。

眩い閃光《せんこう》の尾を曳《ひ》いて飛んだ砲弾が、防御スクリーンを打ち破り、装甲を貫通する。

さしもの巨艦も、艦体のそこかしこを撃ち抜かれ、紅蓮の炎をあげながら後落する。

他の艦も、似たような運命をたどっていた。圧倒的な砲火を放ちながら、迫る敵艦を、縦横無尽《じゅうおうむじん》に叩き沈めていく白銀の巨大戦闘艦。それは、あたかも一〇〇の腕に武器を携《たずさ》えて悪鬼《あっき》を滅ぼす、神話に語られた女性闘神を思わせる。

「あれは……」

息を呑んで見つめていたキオが、ようやく呻《うめ》くように言った。

その問いに、ナミが答えた。ひらり、と艇首に飛び降り、片膝を突いて、上擦った声で言う。

「あれが、あたしたちの母艦——星忍母艦テンプレイブ。あたしたちの、動く本拠《ほんきょ》です」

ナミの紹介に応えるように、白銀の巨艦は砲火を放ち続ける。

その砲火がキオを迎えたことに対する祝福の花火なのか、それとも地獄の獄卒《ごくそつ》が掻《か》き立てる火炎地獄の炎なのか。

そのときのキオには、判別のしようもないことだった。

あとがき・Part 1　忍者に寄せて

皆様、こんにちは。本書を手に取っていただきまして、ありがとうございます。唐突《とうとつ》ですが、忍者というもの、お好きですか？　私は大層好きです。なんというかその、思い起こせば年端もいかない子供の頃、横山光輝《よこやまみつてる》先生の「伊賀《いが》の影丸《かげまる》」に出逢《であ》って以来のことでしょうか。敵味方、ともに劣《おと》らぬ超人的な技の持ち主が、人知れず生死を懸《か》けて戦う物語。その鮮烈さと、所詮《しょせん》表には出られない身の上で、人知れず術を競《きそ》って戦い、敗者は倒れ勝者はその記憶を胸に、また次の戦いに身を投じていくという哀《かな》しさに、ずしんと衝撃《しょうげき》を受けました。

その衝撃が、精神の基本に打ち込まれてしまったのですよ。私にとっての忍者は、あくまでヒーローです。その頃は、忍者映画の名作「忍びの者」がヒットしたこともあり、映画に小説にマンガにテレビに、忍者ものが溢《あふ》れておりました。影丸はもちろん、「風のフジ丸」、「忍者部隊月光《げっこう》」、「サスケ」などなど。そうしたなかにどっぷり浸《つ》かって、刀をつくったり手裏剣を作ったり、鎖鎌《くさりがま》を作ったり（もちろん、本物じゃないです。ボール紙を使ってね）して、友達と遊んだりしていましたっけ。

その後、こうしたスーパーヒーロー忍者に対する反動か、至って地味な、権力者の手足に使われる、歯車としての忍者が描かれることが多くなりました。そうした面も確かにあったことでしょうが、やはり私にとっては、忍者は庶民《しょみん》の味方の超人だったのです。忍者なら、どんな無茶でもできる。忍術（というか、忍法）なら、物理法則に左右されなくても大丈夫。理由はすべて「忍者だから」。そして忍者の華《はな》は、女性忍者ですよお客さん。

女の子の体にぴっちりの忍者装束、肌を強調する網タイツ。いえ、あれは鎖帷子《かたびら》ですが、忍者の神秘性と女の子の健気《けなげ》さが、これほど醸成《じょうせい》されているものもそうはありません。私にとっては、服を剥《は》がれて一部壊れのロボ少女に匹敵する破壊力です。ああ、石投げないで。

というわけで、全開の新シリーズです。忍者と戦艦《せんかん》と超能力バトル、そしてこっそりロボ少女。アキさんは、実は他の小説に別の名前で出ていますな人という設定もあるのですが、それはともかくとして、お楽しみいただければ幸いです。

十星忍の忍法や一二使徒の能力を考えるのが大変で。いえ、それも楽しいのですが。縦横無尽《じゅうおうむじん》の忍者スペースオペラ、星忍母艦《ぼかん》テンブレイブ。お楽しみくださいませ。

著者

アトガキ!!

皆様突然こんにちは。
イラスト描かせて頂いた
鈴見敦と申します。

おまけページという事で、
お気に入りのテレーズ教授を
描いてみました。
（ちなみに担当河西様も
テレちゃん派だそうです）
早い話が彼女のような
猫っぽい女の子バンザイ！！
…な感じの私ですが（謎）、
またどこかで見かけることがありましたら
その時はどうぞよろしくお願いします。

ではでは！

■ご意見、ご感想をお寄せください。

ファンレターの宛て先
〒154-8528 東京都世田谷区若林1-18-10
株式会社エンターブレイン　メディアミックス書籍部
中里融司　先生
鈴見　敦　先生

■ファミ通文庫の最新情報はこちらで。

エンターブレインホームページ
http://www.enterbrain.co.jp/fb/

ファミ通文庫

星忍母艦《せいにんぼかん》テンブレイブ①　王子様《おうじさま》はハーフボイルド

二〇〇三年七月三一日　初版発行

著者　中里融司《なかざとゆうじ》
発行人　浜村弘一
編集人　青柳昌行
発行所　株式会社エンターブレイン
〒一五四-八五二八　東京都世田谷区若林一-一八-一〇
電話　〇三(五四三三)七八五〇(営業局)
編集　メディアミックス書籍部
担当　河西恵子／中里和代
デザイン　仲童舎
写植・製版　株式会社パンアート
印刷　凸版印刷株式会社

定価はカバーに表示してあります。
落丁本・乱丁本はおとりかえいたします。

ISBN4-7577-1510-2

郵便はがき

1 5 4-8 7 3 6

料金受取人払

世田谷局承認

708

差出人有効期間
平成15年12月
10日まで

東京都世田谷区若林1-18-10
株式会社エンターブレイン

メディアミックス書籍部 行

住所	〒□□□-□□□□		
	都道 府県		
	TEL ( )		
氏名	ふりがな	年齢	歳 男・女
職業	①小学3年生以下 ②小4 ③小5 ④小6 ⑤中1 ⑥中2 ⑦中3 ⑧高1 ⑨高2 ⑩高3 ⑪短大・専門学校生 ⑫大学生・大学院生 ⑬予備校生・浪人 ⑭社会人 ⑮アルバイター ⑯無職 ⑰その他		

アンケートをご返送いただいた方の中から、半年に一度100名の方に小社オリジナルグッズをプレゼントいたします。発表は発送をもちましてかえさせていただきます。

愛読者カード

この度はファミ通文庫をご購読いただき、ありがとうございました。
このカードは編集の資料として役立たせていただきますので、下記の質問にお答え下さい。あてはまるものには○をしてください

問1　本書のタイトル
(　　　　　　　　　　　　　　　　　　　　　　　　　　　　　　　　　　　)

問2　本書を最初に知ったのは何によってですか？
①雑誌広告（雑誌名：　　　　　　　　　　　　　　　　　）②ラジオCM　③書店で見て
④雑誌の紹介記事を読んで（雑誌名：　　　　　　　　　　　　）⑤投げ込みチラシ
⑥新聞広告　⑦人にすすめられて　⑧ファミ通文庫のHP　⑨その他(　　　　　　　　)

問3　本書をどこでお買い上げになりましたか？　書店名をお書き下さい。
(　　　　　　　　　　　　　　　　　　　　　　　　　　　　　　　　　　　)

問4　カバーについてどう思いましたか？
①良い　②ふつう　③悪い

問5　本書の内容についてどう思いましたか？　あてはまるものに○をしてください
①良い　②ふつう　③悪い

問6　この小説で、ぜひやってもらいたいことはなんですか？　あてはまるものに○をしてください
① TVドラマ　②ラジオドラマ　③ TVアニメ　④OVA　⑤ゲームソフト　⑥コミック

問7　下記の雑誌の中で購読しているものを全て選んでください。
① 週刊ファミ通　②ファミ通PS2　③ファミ通Xbox　④月刊コミックビーム
⑤サラブレ　⑥ファミ通キューブ+アドバンス　⑦LOGiN　⑧E-LOGiN
⑨TECH-GIAN　⑩Dear My…　⑪月刊アルカディア　⑫TECH-Win
⑬マジキュープレミアム　⑭パレッタ　⑮B'sLOG

問8　上記の雑誌連載作品、企画で書籍にしてもらいたいものがありますか？
(　　　　　　　　　　　　　　　　　　　　　　　　　　　　　　　　　　　)

問9　小説以外に興味のあるジャンルはありますか？
(　　　　　　　　　　　　　　　　　　　　　　　　　　　　　　　　　　　)

問10　好きな作家を（何人でも）あげてください。
(　　　　　　　　　　　　　　　　　　　　　　　　　　　　　　　　　　　)

問11　好きなイラストレーターを（何人でも）あげてください。
(　　　　　　　　　　　　　　　　　　　　　　　　　　　　　　　　　　　)

問12　本書に対するご意見、ご感想をご自由にお書きください。
(　　　　　　　　　　　　　　　　　　　　　　　　　　　　　　　　　　　)

ご協力ありがとうございます。